KB049500

DREAMBOOKS★

정준 현대판타지 장편소설

MODERN FANTASY STORY & ADVENTURE

기적의 앱스토어

6

dream
books
드림북스

기적의 앱스토어 6

초판 1쇄 인쇄 2015년 10월 16일
초판 1쇄 발행 2015년 10월 23일

지은이 정준
발행인 오영배
책임편집 편집부

펴낸곳 (주)삼양출판사 · 드림북스
주소 서울시 강북구 도봉로 173
대표 전화 02-980-2112 **팩스** 02-983-0660
출판등록 1999년 3월 11일 제9-00046호

© 정준, 2015

ISBN 979-11-313-0453-2 (04810) / 979-11-313-0236-1 (세트)

드림북스는 (주)삼양출판사의 판타지 · 무협 문학 브랜드입니다.

정준 현대판타지 장편소설

MODERN FANTASY STORY & ADVENTURE

6

기적의
앱스토어

dream
books
드림북스

목차

제1장

시계와 반지

"이미지?"

"예, 전 한국에서 나름대로 선행을 베푸는 등의 행위도 하고 나름대로 언론에 호의적으로 알려져 있습니다. 그런데 만약 중국에서 구주방과 조금이라도 관련됐다는 게 알려진다면 타격이 심합니다."

"호호."

자오웨가 웃었다. 허나 눈은 웃고 있지 않고 차가워, 마치 지우의 행동을 비웃는 듯했다.

"그러고 보니 당신 같은 타입이 아주 없는 건 아니었죠.

겉으론 선행을 통해 좋은 이미지를 쌓지만, 뒤에선 온갖 더러운 짓도 서슴지 않는 위선자."

자오웨는 한 마디도 아끼지 않고, 그와 마주 보면서 신랄한 독설을 퍼부었다.

그러나 정작 그 장본인은 눈 하나 깜짝 하지 않고 어깨를 으쓱였다.

"은근슬쩍 함정을 까는 여우보다는 낫죠."

지우도 웃음으로 답해 줬다. 다만 웃고 있는 것은 자오웨와 마찬가지로 입 부근뿐, 눈은 그렇지 않았다. 도리어 고요하고 싸늘했다.

"음."

말이 끝남과 동시에 자오웨의 쌍둥이가 침음을 흘렸다.

그리고 곧이어 자리에서 당장 일어날 정도로, 주변을 집어삼키는 살의가 쏟아져 나와 한 사람에게 집중됐다.

단연 자오웨를 디스한 지우였다.

"칭후. 진정하세요. 그는 가벼운 농담을 했을 뿐이니까 너무 그렇게 반응할 필요는 없어요. 게다가 제가 먼저 심한 말을 했으니까요."

그러자 자오웨가 오른손을 들어 그를 제지했다.

칭후는 마음에 안 드는 듯, 미간을 찌푸렸지만 어쩔 수 없다는 듯 살의를 거둬들이고 제자리를 지켰다.

"실례했어요. 칭후가 워낙 누나인 저를 걱정하다 보니."

자오웨는 머리를 살짝 내리며 사과했다.

그러나 허리부터 시작해 상체 전체는 미동도 하지 않은 걸 보니, 딱히 진심으로 사과하는 모양새는 아니었다.

"괜찮습니다."

"그럼 이야기를 계속해서…… 당신이 걱정하는 바는 솔직히 신경 쓸 필요 없어요. 몇 가지 공작만 들어가면 구주방의 손길이 닿았다는 증거를 남기지 않고 중국의 사업을 도와줄 수 있답니다."

"호오."

이건 꽤나 입맛이 당기는 거래 조건이었다.

알다시피 구주방은 중국 경제에서도 상당한 영향을 끼치며, 그 힘을 증거를 남기지 않고 쓸 수 있다면 중국 진출에 무척이나 유리하다.

굳이 제주도에서 중국인을 상대로 사업을 할 필요 없이, 자오웨와 구주방의 힘을 통해 중국 경제에 끼어들 수 있다는 뜻이었다.

솔직히 말해서, 국내에서 사업을 하는 것도 보통 힘든 일이 아닌데, 외국에서 사업을 하는 것이 쉬울 리 없다.

비록 지우 본인이 중국어를 현지인만큼 쓸 수 있다지만, 그렇다고 중국의 지역 특성이나 땅 등 여러 가지로 영업에 필요한 능력이 있지는 않다.

이러한 사정 때문인지, 지우는 그녀의 제안에 상당히 마음이 이끌렸다.

"솔직히 이 정도면 제가 정말 인심 좋고 친절하게 양보하는 거죠. 그렇게 생각 안 해요?"

"이렇게까지 나오시는 걸 보면 아무래도 저에게 원하는 것이 한두 가지 있는 듯한데……."

툭 까놓고 말해서, 자오웨가 이렇게까지 대화할 이유가 없다. 상황만 보자면 약자는 단연 지우다.

동맹을 하지 못한다면, 서로 목숨을 걸고 싸우는 방법밖에 없다. 고객 두 명을 상대하는 것도 성가시고, 구주방의 후폭풍이 두렵기는 하지만 그래도 가족이 인질로 잡혀 언제 죽음을 당할지 모르는 것보다는 나았다.

둘과 직접 만나 대화를 나누고 싶었던 것도 다 이것 때문이었다. 일이 수틀린다면 살인으로 모든 걸 해결하기 위해서다.

"역시 사업가라 그러신지 이런 부분에는 생각이 많으신가 봐요?"

"빈말은 괜찮으니, 본론을 꺼내주시죠."

"아, 그 전에 먼저 시험해 볼 것이 하나 있는데."

자오웨는 두 손바닥을 맞대고 가늘게 뜬 눈을 보였다.

다만 그 사이에 있는 눈동자는 위협적으로 빛나고 있었다. 비록 살의도 적의도 내포되지는 않았지만, 충분히 압도당할 정도의 분위기가 흐른다.

"일단 내 부탁을 들어주려면 어느 정도의 무력은 필요해서, 당신이 어느 정도인지 알고 싶어."

바뀐 것은 분위기뿐만 아니었다. 여태껏 예의 바르게 경어를 하던 자오웨의 말투도 바뀌었다.

"······무력?"

무언가 불길함을 느낀 지우는 굳은 표정으로 되물었다.

"그래. 솔직히 동맹이란 건 서로 지닌 힘과 위치가 비슷해야지. 그렇지 않으면 굳이 그럴 필요는 없잖아. 네가 약하다면 죽여서 모두 빼앗으면 그만이니까."

"아까는 여우처럼 속내를 보이지 않더니, 지금은 대놓고 보여 주는 그 생각을 알 수가 없군."

주머니에 찔러 넣은 주먹을 쥐락펴락하며 지우는 딱히 이렇다 할 반응을 보이지 않았다. 그저 돌처럼 딱딱하게 굳은 얼굴로 자오웨에 대해 평가를 내릴 뿐이었다.

"굳이 속내를 숨길 필요는 없잖아. 너도 마찬가지야. 우리가 네 생각보다 더 약하고 보잘것없다면, 지배하면 그만이지. 원래 이 세상은 약육강식이니까."

자오웨는 제주도에 오기 전부터, 지우에 대해 듣고 그가 대충 무슨 생각을 하고 있는지 알고 있었다.

아니, 애초에 앱스토어 고객들은 대부분 타 고객에 대해서 생각하는 건 일치한다.

자신보다 강하면 눈치를 보면서 피하거나 유리한 조건을 제시하면서 비교적 평화적인 교섭을 하려한다.

비슷하면 서로 귀찮지 않게 동맹을 한다.

그리고 약하다면, 죽여서 모든 걸 빼앗는다.

"안 그래?"

쿠와아아앙!

폭탄이 떨어진 것처럼, 굉음이 터졌다. 고막이 다 찢어질 정도로의 큰 소리다.

'이래서 고객들이란.'

원형 탁자와 함께 허공으로 두둥실 떠오른 지우가 정신을 차리고 속으로 욕설을 내뱉는다.

위에서 아래를 내려다보니 자오웨는 원래 있던 자리에 편안하게 있고, 자신이 있던 자리에 칭후가 콘크리트 바닥에 발목을 묻은 채로 투기를 뿜어대고 있었다.

칭후가 날린 일격에, 바닥은 거미줄마냥 금이 쩍쩍 그어져 있었다. 밑에 층까지 그 충격이 가지 않았을까, 하는 의문이 생길 정도의 위력이다.

'하지만 검을 쥔 건 저쪽이니, 내가 조금 물러서야지. 물론, 저 둘이 용호단원 정도라면 죽여 버리고.'

두뇌를 굴려 상황을 파악하면서도, 육체의 움직임을 멈추지 않았다. 허공으로 떠오른 지우는 그대로 화려하게 공중제비를 돌아 바닥에 깔끔하게 착지했다.

"호왕보(虎王步)."

칭후가 진각을 밟으며 화려한 발놀림을 펼친다. 이름처럼 호랑이마냥 네 발로 움직이는 건 아니었다.

다만 호랑이를 절로 연상할 정도로 날렵하고 맹수와도 같은 움직임을 보인다.

분명 달리는 것도 아니었는데도 불구하고 칭후는 눈으로 좇기 힘들 정도의 속도로 거리를 좁혀 왔다.

사냥감을 확인한 칭후는 망설이지 않고 무게를 실은 왼발을 힘껏 내디딤과 동시에 양손으로 창을 쥔 자세를 취했다.

"무기보(武器寶) 방천화극(方天畵戟)."

주문을 외듯이 중얼거린 칭후의 손안에 창 한 자루가 원래부터 있었던 것처럼 나타났다.

다만 그 모양새를 보면 일반적인 창과는 달랐다. 일반적인 창 옆에 벨 수 있도록 날카로운 달 모양의 칼날이 달려 있는 형상을 가진 화극이었다.

저 모양새만 봐도 누구의 것인지는 잘 알 수 있다.

삼국지 등장인물 중, 특히 연의에서 인간의 한계를 뛰어넘은 무력으로 묘사되는 여포를 절로 떠오르게 만드는 무기가 틀림이 없으리라.

"호왕창법(虎王槍法) 관속(貫速)."

칭후는 양팔 근육에 힘을 잔뜩 주었다. 그러자 보기 좋은 잔 근육이 약간이나마 부풀어 올랐다. 특히 소매가 없는 팔뚝 부분의 변화가 확연하게 보인다.

근육의 변함과 함께 칭후가 방천화극을 앞으로 내지른다. 마치 화살처럼 쏘아내는 것과 비슷한 모양새였다.

그 위세도 대단하였지만, 관속이라는 이름에 걸맞게 초인의 감각으로도 좇기 힘든 속도가 나왔다.

방천화극이 복부를 노리고 찔러 들어오는 것이 보이긴 했지만, 어디까지나 시각적으로 확인하는 정도였다. 눈으로 좇아간다 하여도, 몸이 따라가는 건 아니었다.

'텔레포트!'

눈을 껌뻑이자 앞의 풍경이 바뀐다.

약간의 두통과 함께 그는 초능력을 이용하여 방천화극을 아슬아슬하게 피해 내고 오 미터 바깥에서 나타났다.

"이형환위(移形換位)……?"

눈앞에 있던 사람이 흔적도 없이 사라지자, 칭후가 살짝 놀란 목소리로 중얼거렸다.

"……아니. 초능력인가."

제주도에 오기 전, 칭후는 자오웨와 함께 장 핑에게 단원들과 지우와의 싸움을 전해 들었다.

육체 능력은 확실히 굉장한 것 같으나, 자신들처럼 특별히 무공을 연공한 자는 아니다.

자고로 이형환위라는 건, 상대방이 미처 움직임을 인지하지 못할 정도로의 빠른 속도로 몸을 날려 위치를 바꾸는 최고위의 경신법을 의미한다.

무공을 배우지 않는 자는 쓸 수 없는 기술이기에, 칭후는 지우가 보여 준 텔레포트가 초능력이란 걸 간파했다.

"하압!"

칭후가 거센 발걸음으로 호왕보를 재차 펼쳤다. 그는 사냥감을 노리는 호랑이처럼, 사납게 울부짖으면서 공간을 접듯이 이동하여 방천화극에 달린 월아(月牙)를 이용해 우측 상단에서 좌측 하단으로 크게 휘둘렀다.

"어딜!"

대놓고 상체를 쪼개는 수단에, 지우는 '당할 것 같으냐.' 라는 의기양양한 표정으로 백스텝을 밟았다.

비록 호왕보처럼 현란하고 위력적인 무공의 보법 같은 것은 아니었으나, 그래도 원체 육체적인 능력이 뛰어난 덕분에 나름대로 빠르고 효율 있는 움직임을 보여 월아를 가볍게 피했다.

'별 기대는 하지 않지만……!'

손바닥을 쫙 펼친 오른손을 뻗어서 전격을 쏘아 냈다. 빠지직 하는 소리와 함께 시퍼런 전류가 그대로 칭후의 방천화극에 처박힌다.

"흥!"

금속으로 빨려 들어오는 전류에 칭후는 눈썹 하나 깜빡하지 않고 코웃음을 치더니 방천화극을 가볍게 휘둘렀다.

그러자 창날에 붙어 있던 전류가 공기 터지는 소음과 함께 허공으로 뿜어져 나가 소멸했다.

'역시 내공으로 받아쳤다.'

용호단원 대부분은 갑작스러운 공격과 더불어, 전류에

담긴 에너지 때문에 버티지 못하고 그대로 당했다.

하지만 칭후는 전혀 다르다. 그는 용호단원들과는 비교도 할 수 없을 만큼 대해와 같은 내공을 지닌 것뿐만 아니라, 사전에 지우가 어떤 힘을 사용하는지 장 핑에게 들어 방천화극을 꺼내고 일렉트로에 미리 대비하고 있었다.

'그렇다면……!'

죽이기 위한 싸움은 아니기에 바사비 샤크티는 사용할 수 없다. 게다가 이 근처에는 한소라가 있다.

어디로 갔는지는 알 수 없지만, 재수 없게라도 바사비 샤크티에 피해를 입는다면 곤란하다.

"창에 알맞게 싸워주마!"

한참 싸우고 있던 그는 무슨 연유인지 팔소매를 걷었다. 소매를 걷자 나온 것은 왼쪽 팔목에 찬 손목시계였다.

> 마도왕의 시계
> - 구분: 장신구
> - 상품을 구입해 주셔서 감사합니다.
> - 인간의 한계를 넘어, 전 차원에서 마도왕(魔道王)이라 불린 전설적인 마도사 카슬란의 마법을 담아 제작된 아티팩트.

– 과학이 발전되지 않은 마법 문명으로 베니드 대륙인이라 알려진 마도왕 카슬란이 어떻게 손목시계를 착용한지는 아직 밝혀지지 않았습니다. 어쩌면 저희 회사에서 사기를 치고 있는지 모르죠.

– 마도왕의 시계에는 카슬란의 세 가지 마법을 보유하고 있습니다. 그러나 최초 기본 마법을 제외하고 남은 두 가지 마법은 일정한 금액을 지불하여 사용할 수 있습니다.

– 사용 시 마법명을 말해 주세요.

– Slot1: 스피릿 소드(spirit sword)

마도사 주제에 본인은 소드 마스터라 박박 우기는 카슬란이 접근전을 위해 창조한 마법입니다. 내공, 마력, 정신력 등의 에너지를 검의 형태로 만들 수 있습니다. 크기, 길이, 위력 등은 에너지의 주입량에 따라 천차만별입니다.

– Slot2: 조건 ???원

– Slot3: 조건 ???원

– 가격: 10,000,000,000

마도왕의 시계는 지우가 구입한 상품이 아니었다.

죽은 김효준에게서 얻은 상품이 바로 이것이었다.

상품에 딸린 설명이 여러모로 범상치 않았다. 마도왕이

라니, 카슬란이라니, 베니드 대륙 등 꼭 판타지 세상이 실존하는 것처럼 말하고 있었다.

호기심이 들긴 하지만, 충격적이라 할 정도는 아니다. 앱스토어를 사용하다 보면 다른 차원에 존재 정도는 있을지도 모른다고 생각했으니까.

게다가 또 가격을 보면 정말 혀를 내두를 정도다.

1억, 10억도 아니라 뒤에 영이 열 개나 붙는 무려 100억 원짜리 상품이었다. 확실히 마법 세 개가 들어 있긴 하지만, 돈을 지불해서 해금해야 하는 형태인지라 실상 가격은 100억 원을 넘는다는 뜻이었다.

지우는 이 상품을 보고 솔직히 과연 이 정도 가치를 하는 상품인가 하고 고민했다.

스피릿 소드는 나름대로 괜찮은 능력이긴 하지만 무려 백 억의 가치는 하지 않는다고 생각됐다.

김효준이 왜 이런 상품을 샀나 싶을 정도다.

자신과의 싸움에선 접근전이 아니었고, 순수한 에너지 방출 대결이었기에 쓰지 않기도 했고.

"스피릿 소드!"

마법명을 외치자마자 시계바늘이 제멋대로 돌아가기 시작한다. 느릿느릿하게 움직이는 것이 아니고, 초침을 맞추는 것처럼 멋대로 돌아갔다.

그와 동시 시계를 찬 손에서 시퍼런 스파크와 함께 빛줄기가 뿜어져 나왔다.

채 몇 초도 되지 않은 시간과 함께 초능력의 정신력 소모와 함께 푸른 입자로 이루어진 빛의 검이 손안에서 모습을 드러냈다.

"너만 무기 쓸 줄 아는 건 아니야!"

지면을 밀듯이 몸을 날려 칭후에게 검격을 날린다.

무언가 대단한 검법이 포함되어 있는 건 아니다. 그저 순수한 신체적 능력을 이용해서, 빠르게 다가가 위에서 아래로 내리 긋는 것뿐이었다.

"검을 쥔다고 무언가 달라질 거란 큰 착각을 하고 있는 모양이군."

칭후는 방천화극을 수평으로 세워서 푸른빛으로 이뤄진 검을 막아 냈다. 금속끼리 부딪치는 것도 아닌데도, 신기하게도 채앵 하는 소리가 났다.

사실, 원래라면 아무리 여포의 무기라는 전설을 담은 방천화극이라 하여도 스피릿 소드에는 버텨 낼 수 없다.

스피릿 소드는 보다시피 에너지를 변환시키는 검. 즉, 무협으로 치자면 일종의 검강(劍罡)이요, 판타지로 치자면 오러 블레이드(Aura blade)다.

이 둘 모두 검에 어떤 미증유의 힘을 담아, 설사 강철이라 하여도 두부 자르듯이 쉽게 벨 수 있다.

즉, 원래라면 방천화극 역시 스피릿 소드에 숭덩숭덩 잘려야 했지만 이 힘을 쓰는 건 방천화극을 소유하고 있는 칭후 역시 마찬가지였다.

스피릿 소드와 부딪치려는 순간, 칭후는 푸르스름한 강기를 방천화극에 맺혀서 막아 내는 재주를 보였다.

"검을 쥐는 손, 자세, 힘의 세기 등 다룰 줄 모르는 놈 주제에 너무 자신만만해. 무도(武道)란 건 자고로 스스로 연공하고, 기르는 것이다. 넌 총을 든 어린아이에 불과하다."

칭후가 이죽거리면서 다리를 휘두른다. 그의 발끝은 정확히 지우의 정강이를 노렸다.

"큭!"

아래에서 갑작스레 들어온 공격에 놀란 지우가 황급히 뒤로 물러났다. 다행히 빛의 입자로 이루어진 검에는 무게가 없다시피 하여, 딱히 속도가 늦거나 하지는 않았다.

허나, 그동안 약간의 틈이 생겼으며, 칭후는 이 기회를 놓치지 않고 눈부시게 빠른 찌르기를 선사했다.

'한두 번 싸워 본 놈이 아니다.'

양추선도, 김효준도 제법 위험했지만 칭후 정도는 아니다. 칭후는 그 둘과 달리 전투 경험도 많아 보이며, 또 체계적인 무술을 제대로 배운 듯했다.

"흥! 내 그럴 줄 알고 정말 많은 걸 준비했지."

텔레포트로 다시 뒤로 이동한 지우가 비릿하게 웃었다.

"허세인가. 미안하지만 나한테 통하지는 않는다."

칭후는 딱딱한 얼굴로 미동도 하지 않았다.

그는 무술에서 만큼은 절대적인 자신과 자부심을 지니고 있었다. 눈앞에 이 덜떨어진 한국인에게 결코 진다는 생각은 조금도 하지 않았다.

"상품을 통해서 무력을 얻은 너희 고객들과 같은 취급을 받는 것조차 모욕이다. 나는 앱스토어를 만나기 전부터 무술을 수련해 왔지. 넌 날 결코 이길 수 없어."

휘리릭!

칭후가 손에 쥔 창을 화려하게 회전시킨 뒤에 섬뜩한 눈빛을 뿜어냈다.

"확실히 네 말대로라면 현재의 나는 널 이길 수 없겠지."

칭후의 말은 틀리지 않아, 지우는 순순히 수긍하였다.

김효준에게 빼앗은 상품인 마도왕의 시계가 제법 상당한 가치의 상품이긴 했으나, 그 능력은 어디까지 압도적인 절

삭력을 지닌 빛의 검을 소환하는 능력이다.

지우는 태어나서 검을 쥔 것은 식칼 이후로 처음이며, 특별히 검도나 다른 무술 등을 배운 적이 없었기에 근접전으로 승리할 확률은 무척 적었다.

그렇다고 일렉트로의 힘에 기초적인 내성이 있는 자를 상대로 멀리 떨어져서 상대하는 것도 적절하지 않다.

애초에 칭후는 보법을 이용하여 텔레포트의 속도에 비슷할 정도로 근접해 오니, 접근전 자체를 피할 수 없었다.

"하지만, 원래 인간이라는 건 성장하기 마련이라고?"

지우는 눈을 초승달처럼 휘며 스마트폰을 꺼내서 씩 웃었다.

이에 칭후가 무언가의 불길함을 느끼고 지면을 박차 전력으로 방천화극을 힘껏 쏘아 냈다.

"호왕창법, 투아(投牙)!"

호랑이의 송곳니를 머금은 창이 깨끗한 일직선을 그려내며 허공을 꿰뚫어 지우가 있던 자리로 떨어졌다.

"흡!"

마치 유성과도 같은 기세로 날아온 방천화극을 보자마자 지우는 전력으로 몸을 옆으로 날려 바닥을 데굴데굴 굴렀다.

다행히 아슬아슬한 타이밍으로 빗나간 창이 그가 있던 자리에 마치 폭탄이라도 떨어진 듯한 굉음과 함께 폭발을 일으켰다.

"……무기보, 방천화극."

칭후가 처음 방천화극을 불렀던 주문을 외우자, 놀랍게도 멀리 떨어졌던 방천화극이 다시 주인에게로 돌아왔다.

"몸놀림만 잽싸구나. 게다가 언제 상품을 주문했지?"

"내가 원래 좀 빨라. 그리고 상자 개봉하는 속도도 대단하지?"

지우가 히히 웃으며 긴급운송으로 도착한 상품을 꺼냈다.

비록 보석 등의 장식이 붙어 있지는 않았지만, 그래도 멋들어진 문자가 새겨진 순금 반지였다.

"……그 반지는 뭐지?"

칭후가 미간을 좁히며 물었다.

"글쎄, 커플링?"

지우는 어디 한 번 맞춰 보라는 듯이 어깨를 으쓱였다.

"물질만능주의의 결과물을 구입하셨군요."

여태껏 방관만 하던 자오웨가 불편한 심기를 보였다.

"오, 알고 있어?"

자오웨가 아는 채를 보이자 지우가 히죽 웃었다.

"무도를 수련하는 입장에서 그보다 더 불쾌한 상품은 없죠. 예전에 아이 쇼핑을 하면서 본 적 있는 상품이에요."

금무반지(金武斑指)

– 구분: 장신구

– 상품을 구입해 주셔서 감사합니다.

– 어감이 이상하지만, 대체할 이름을 찾기가 힘들어서 대충 지은 상품입니다.

– 본 상품은 물질만능주의를 똑똑히 알려 주는 상품입니다.

– 반지를 착용하신 뒤 '금액'과 '주입'이라고 말하시면 주입한 금액만큼 반지에 무술이 저장됩니다. 즉, 굳이 노력과 재능이 없어도 무술을 펼칠 수 있다는 뜻입니다.

– 무술은 실로 다양합니다. 권장지각뿐만 아니라, 병장기술이나 보법 등부터 시작하여 전투에 대한 감각까지 저장됩니다. 얼마를 내느냐에 따라 저장된 무술의 숫자가 증가합니다.

– 무도(無道)에 대한 정신적 깨달음도 필요하지 않습니다. 그저, 금액만 내면 무도에 대한 지식, 깨달음, 전투 기술,

무술 등등 그 모든 것을 머리로 자연스레 이해하고, 육체에 적
용됩니다.

　－ 주의. 본 상품은 착용해야 효과가 발동됩니다.

　－ 가격: 50,000,000

　자오웨와 칭후의 방문 소식을 듣고 그는 이번에는 정말
로 여러 가지 고민을 하면서 준비를 했다.

　첫 번째는 김효준에게 빼앗은 마도왕의 시계요, 두 번째
가 자비를 들어 구입한 금무반지다.

　"천만 원 주입."

　두근!

　뜨겁게 달궈진 뇌가 크게 뛰었다.

　마치 지진이라도 일어난 듯, 머릿속에서 거대한 고동과
함께 수많은 지식의 파도가 봇물 터지듯 밀려들어온다.

　금무반지는, 확실히 자오웨의 말대로 물질만능주의를 상
징하는 대표적인 상품 중 하나였다.

　본래 무공이나 무술 등의 상품은 설사 구입한다 하여도
꾸준히 연공해야하며, 내공을 쌓는 시간이나 혹은 무술에
대한 재능이 필요하다.

　그러나 금무반지를 착용하면 그러한 조건은 모두 무시할

수 있게 해 준다.

비록 반지를 착용하지 않는다면 그 지식을 사용할 수 없다는 것이 단점이긴 하지만, 그래도 굉장히 좋은 상품이라 볼 수 있었다.

"이게, 앱스토어의 고객이 싸우는 법이다."

지우가 눈을 번뜩 뜨며 몸을 날렸다.

"무슨……!"

칭후가 깜짝 놀랐다.

지금까지 지우가 보여 줬던 움직임과 전혀 다른 것이 눈앞에 펼쳐졌기 때문이었다.

굳이 설명하자면 방금까지의 지우는 허점투성이에 딱 봐도 육체적 능력만 사용하여 어떠한 형식도 없이 마구잡이로 덤벼드는 것에 불과했다.

하지만, 저 수상적인 반지를 끼자마자 마치 수십여 년 동안 무도를 갈고 닦은 고수의 모습을 보였다.

"2천만 원 주입."

금무반지를 착용하면, 그 사용법은 저절로 이해하게 된다.

예를 들자면, 얼마를 주입하면 어떤 무술이 개방되는지 대충이나마 알 수 있다.

제일 먼저, 천만 원을 주입했을 시에는 전투 센스나 몸을 움직이는 법, 동작, 근육의 사용법, 제대로 된 자세 등의 기초를 다질 수 있게 된다.

물론 기초라 하여도 무술의 무자도 모르는 일반인이 이 능력을 얻게 되면 수십 년간 단련한 무도가의 센스와 동작 등을 마치 원래부터 가지고 있듯이 구사할 수 있다.

그리고 그다음 능력을 개방하려면 두 배가량의 주입이 필요한데, 일정한 금액마다 몇 가지 무술을 익게 된다.

"금무권류(金武拳流) 발경(發勁)."

칭후의 코앞까지 거리를 좁힌 지우가 고민하지 않고 깨끗한 궤적을 그려내며 주먹을 내질렀다.

쿠와아아아앙!

주먹이 대기를 가르는 동시에, 그 안에 내공을 대신한 전력이 굉음을 토해내면서 칭후에게 쏘아져나갔다.

"무슨!"

칭후가 경악하며 방천화극을 들어 발경을 급히 막아내려고 공력 모두를 끌어올려 수비 태세에 나섰다.

발경에 실린 전력의 양은 상당했지만, 다행히도 칭후 역시 지니고 있는 내공이 제법 많았는지 주먹을 방천화극으로 막아내며 겨우 버텨 낼 수 있었다.

하지만 공격을 수월하게 막아냈는데도 칭후의 표정은 좋지만은 않다. 딱히 몸 내부에 데미지가 있어서 그런 건 아니었다. 육체의 문제가 아니라 심적인 문제다.

　　"네놈! 무도를 돈으로 샀느냐……!"

　　주먹과 힘 대결을 하고 있는 방천화극이 칭후의 감정에 반응하듯 파르르 떨렸다.

　　"하? 이 새끼는 또 뭔 소리래?"

　　칭후와 마주 보고 있는 지우가 어이없는 표정을 지었다.

　　진심으로 이해가 가지 않는 감정이 묻어났다.

　　"무공이란 감히 돈 따위로 가질 수 있는 것이 아니다. 인간이 육체와 마음을 갈고 닦고, 기를 쌓아 깨달음과 끝없는 공부를 통하여……."

　　"하, 앱스토어 고객은 어째 나사 하나 빠진 것 같다니까."

　　지우가 칭후의 말을 자르고 피식 웃었다.

제2장

중국 고객와 동맹을 체결하다

　"네가 어린 시절부터 배워 온 무술이 얼마나 되는지는 모르겠지만, 그래도 대부분은 앱스토어에서 무공 비급을 구입했을 거 아니냐. 게다가 그, 삼국지의 여포가 들고 다니는 것도 마찬가지일 거고."

　그는 칭후가 쥐고 있는 방천화극을 가리켰다.

　"너 따위와 같은 취급하지 마라!"

　칭후가 이를 뿌드득 갈며 분노의 일갈을 터뜨렸다.

　"나는 너처럼 무도에 대한 육체와 정신적인 수양을 결코 무시하지 않았다. 비급 하나하나를 곱씹으며, 무공에 대한 본질을 이해하려고 머리를 굴리고 몸을 움직였지. 네놈은 그 신성한 의식을 돈 몇 푼으로 모욕했다."

"허, 이거 진짜 환장하겠네."

칭후의 비난을 듣고 지우가 진정 답답한 듯이 가슴을 툭툭 두들기며 한숨을 내쉬었다.

"이봐, 부단주. 이제 네가 왜 그렇게 화를 내는지 이해는 할 것 같은데 말이야……."

지우는 골치가 아픈 듯, 관자놀이를 손가락으로 꾹꾹 눌렀다.

"대충 요약하자면, 무력을 얻기 위한 과정이 중요하다는 거잖아. 그 과정을 통해 힘을 얻는 것이 올바르다, 즉 정도(正道)라는 것이고."

아까 봤을 때 칭후의 첫인상은 그저 과묵한 청년에 불과했지만, 지금은 꽤나 다르게 보였다.

"난 딱히 그 과정이 불필요하다, 헛된 노력이었다라고 모욕하거나 비난하지는 않아. 노력이란 건 좋은 거지. 그 과정을 통해 무언가 깨달음을 얻고, 성장할 수 있으니까. 하지만……."

칭후와 달리, 그는 상당히 침착하였다.

특별히 동요를 하는 것도 아니고, 칭후의 비난에 기분

나빠하지도 않았다. 그 눈동자는 잔잔한 호수처럼 흔들림 없었고, 고요했다.

"효율적이지 않아."

"……."

"현실을 보자고."

그리고 자신의 생각을 거침없이 꺼냈다.

"너희들이 내가 약하면 죽이려고 해, 그렇다면 난 살기 위해서 힘이 필요하지."

칭후는 방천화극을 쥔 손에 힘을 꽉 쥐었다.

"난 근접전에 약하니까, 근접으로 덤벼오는 너와 맞게 그 비슷한 힘을 지녀야해. 그러면 당연히 무공이나 무술 등을 선택해야하고. 하지만 그 힘을 얻으려면 응당 시간과 노력이 필요해. 헌데 이걸 돈으로 해결할 수 있다. 그럼 어떻게 해야 할 것 같아?"

답은 간단하다.

"내게 불리한 상황을 돈으로 해결할 수 있는데, 그걸 하지 않는 건 바보 같은 행동이야. 해결하지 못한다면 난 패배하고, 죽는다고. 어쩔 수 없잖아? 때로는 조금 잘못된 걸 알아도 다른 길을 걸어야 할 때도 있는 법이야."

"때로는, 목숨보다 중요한 것이 있는 법이다. 네놈은 명예도, 자존심도, 눈곱만큼 없으며 소 돼지만도 못한 사상을 지껄이고 있는 걸 알고 있느냐!"

칭후가 방천화극을 휘리릭, 하고 한 바퀴 돌려 지우를 겨누고 소리쳤다.

"애초에! 내가 화내는 걸 이해하고 있다고? 아니! 이해한다면 그따위 소리를 지껄일 수는 없다!"

무인의 눈동자는 용암처럼 들끓었다.

"돈으로 산 노력, 지식, 정신적 깨달음…… 아니, 넌 그걸 돈으로 사서 저절로 알게 된 것이 아니야. 돈으로 구입해, 머릿속에 그저 주입하여 구겨 넣은 것뿐이지. 그건 네 것이 아니다."

틀린 말은 아니었다.

금무반지에서 알게 되는 모든 것은 그저 돈을 주고 머릿속에 반지를 착용하는 동안 주입한 것에 불과하다.

즉, 스스로 공부하고 단련하는 무인의 입장에서 그건 더 이상 무공이나 무술이 아니다. 그저 총 한 자루를 든 것에 불과하다.

"아무래도 너와는 잘 맞지 않는 것 같네. 말이 통하지 않잖아."

두 사람 말 중 틀린 것은 없다.

하지만 둘 다 맞는 것 역시 없다.

정답도, 오답도 아닌 '다르다' 이다.

정지우는 칭후의 무도에 대한 사상을 이해하지 못하는 건 아니나, 그렇다고 수긍하는 건 아니다. 그에게 목숨은 어떤 자존심, 명예, 사상보다도 중요하다.

칭후는 무도라는 개념을 돈으로 통해 해결하고 그 결과를 얻으려는 걸 혐오한다. 그건 잘못된 것이라 생각한다. 설사 목숨이 위험해도 그런 짓 따윈 하지 않는다.

이런 생각을 지니고 있다 보니 대화를 해도 서로 맞는 부분이 있을 리가 없었다.

"네놈 같은 놈과 대결하는 건 나에 대한 수치이자 모욕이다."

말이 끝남과 동시에 칭후의 손에 쥐어 있던 방천화극이 팟, 하고 모습을 감추었다.

"자오웨, 먼저 실례하지."

과묵한 줄 알았던 남자는, 그렇게 독설과 함께 자리에서 벗어났다.

이에 지우는 몸 전체에 흐르던 전류를 잠시 거두고, 고개만 돌려 원래 자리에 앉아서 보고만 있던 자오웨에게 말을 건넸다.

"동생 분께서 성격이 좀•개 같네."

"다른 건 몰라도 무도에 대해선 좀 민감해서 그래요. 어릴 적부터 쌓아 온 진리이자, 사상 모두를 건드리셨으니 당연히 저렇게 화내죠."

자오웨가 웃는 얼굴로 답했다.

싸우기 직전과 달리, 지금은 말투와 그 태도가 원래대로 공손하게 돌아왔다.

"그래서, 합격인가요? 아니면 불합격인가요? 보아하니 당신 동생은 저와 손을 잡을 생각은 없는 것 같은데."

지우도 그에 맞게 말투를 바꿨다.

참고로 싸울 가치도 없다고 한 건, 단순히 적의를 넘어서 혐오다. 즉, 칭후는 자신과 상관도 하고 싶지 않을 만큼 자신을 좋지 않게 보고 있다는 의미였다.

"아뇨. 그건 어디까지나 동생이고요. 아무리 쌍둥이라지만 개개인의 철학까지 닮은 건 아니랍니다."

자오웨가 턱 끝으로 빈자리를 가리켰다.

그 말에 지우는 냉큼 빈자리에 앉았다.

만약 불합격이라고 했다면, 자리를 피하려는 칭후와 함께 자오웨를 최대 전력으로 죽여 버릴 생각이었다.

고객 두 명과 동시에 싸운다는 건 쉽지 않을 테니, 골드 그랜드 호텔을 모두 날릴 정도는 힘을 써야 할 것이다.

"저랑 동맹하면 성질 고약한 동생이 많이 반발할 텐데요."

"잊으신 모양인데, 용호단의 단주는 저랍니다. 한국 사회와 중국 사회, 아니 어느 나라를 가던 비슷하잖아요? 상사가 까라면 까야하는 거."

"마음에 드네요."

흡족한 미소가 절로 지어졌다.

만약 칭후가 용호단주이고, 보스였다면 상황이 달라졌을 것이다. 동맹이고 뭐고 닥치고 싸워야한다.

하지만 자오웨가 보스이며, 그녀의 생각은 칭후와 조금 다른 모양이니 실로 다행이었다.

"게다가 굳이 제가 보스가 아니어도, 남동생은 절 많이 따르는 편이라 그쪽이 건들지 않는 이상 싸울 일은 없을 거예요."

다르게 말하면, 괜히 성질을 건드리는 등 쓸데없는 일은 되도록 피하라는 의미였다.

"그나저나, 당신에 대해서 잘 몰랐는데 칭후 덕분에 대충 어떤 사람인지 알게 돼서 소소하게 기쁘네요."

"그거 혹시 저에게 이성적으로 관심 있단 표현은 아니겠죠?"

지우가 어깨를 으쓱여 농담을 던졌다.

"그런 걸 자의식과잉이라고 해요. 혹시라도 절 어떻게
해 보려는 생각은 하지 않는 게 좋아요. 머리를 꼬치에 꽂
아 한라산 위에 올려둘 수 있으니까."

"확실히 당신도 성깔이 장난이 아니란 걸 알았습니다.
조심해야겠는데요."

지우가 후후, 하고 옅게 웃었다.

"그럼 이제 본론으로 들어가서……뭘 어떻게 도와 드리
면 될까요?"

자오웨가 사업 이야기를 먼저 꺼냈다.

그러자 지우는 손가락을 두 개 펴서 설명했다.

"첫 번째, 제가 운영하는 커피와 햄버거 사업을 중국에
진출해 줄 수 있도록 도와주십시오. 아, 참고로 프랜차이
즈 사업입니다. 보아하니 동생 분과 달리 돈 좀 만지시는
분이실테니, 제가 원하는 바가 뭔지는 아시겠죠?"

"무슨 뜻인지는 알고 있지만……당신의 사업, 앱스토어
의 상품으로 돌아가고 있는 거죠? 그렇다면 중국에서도 그
게 필요할 텐데요."

자오웨가 날카로운 지적을 했다.

"예. 제 사업이 어떤 방식이냐면……."

그는 고민하지 않고 자오웨에게 사업의 방식에 대해서 설명했다. 어차피 자신이 하는 사업이 뭔지 가르쳐 준 이상, 자오웨가 커피나 햄버거 관련으로 기적의 앱스토어에서 상품을 검색하면 금방 나와 들통나는 건 시간문제다.

"그런 방법이 있었네요. 하지만 그런 방법이라면 물량이 제한되지 않을까요? 당신이 이야기한 대로라면 한국에선 몰라도 중국까지 많은 물량의 원두나 식용유를 보내는 건 힘들텐데요."

"맞습니다. 그래서 말인데…… 제 대신에 중국에서 쓸 상품들을 대리 구매해 주시겠습니까?"

알다시피 앱스토어 상품은 소비용품 등 몇몇을 제외하곤 한 사람당 한 상품으로 제한이 걸려 있다.

자오웨는 아직 그 상품들을 구입하지 않았으니, 그녀에게 돈을 쥐어 주고 대신 구입해 달라고 하면 상관없다.

칭후까지 합하여 두 개분을 구입하면 좋겠지만, 그가 자신을 도울지는 의문이었다.

"귀찮게 하는 남자시군요. 어쩔 수 없죠."

"혹시 하지만, 제 아이디어 훔쳐서 중국에서 멋대로 사업하거나 하시면 안 됩니다."

"그런 푼돈 벌이 사업은 하지 않으니 걱정 마세요. 차라리 그 노력으로 총기 밀매나 마약 밀매, 매춘굴을 움직여서 돈을 벌겠어요."

멀쩡한 얼굴로 무시무시한 발언을 하는 자오웨였다.

"어쨌거나, 도와주기는 하겠지만 구주방과 관계없는 사업자를 구하고, 여러모로 공작도 필요해서 그건 시간이 좀 걸려요. 그건 제가 다시 알아보고 자세히 이야기를 나누도록 하죠."

"좋습니다. 그리고 나머지 하나는…… 구주방에 대해서 좀 알아봤는데, 당신네들 연예계. 특히 홍콩영화산업을 포함하여 그쪽 방면으로 힘 좀 쓰죠?"

그 물음에 자오웨는 머리를 끄덕이는 걸로 대답을 대신했다.

"알다시피 전 세이렌이라는 연예소속사의 대표 이사로 있습니다. 제가 데리고 있는 연예인 중 한 명을 중국 측에서 좀 밀어줬으면 합니다. 아, 물론 만약 구주방과 연결이 안 됐다는 시점에서입니다."

"윤소정이죠?"

"알고 계셨군요."

"당연하죠."

자오웨는 아직 제주도가 아니라 중국에 있을 무렵, 장펑에게서 소식을 듣자마자 곧바로 지우에 대한 정보를 면밀히 조사하고 수집했다.

참고로 정보 수단은 앱스토어의 정보 구매가 아니라, 구주방이나 용호단의 힘을 통해 알아보았다.

앱스토어의 정보력은 세계 최고이며, 곧장 답을 얻을 수 있지만 애석하게도 금액이 욕이 나올 정도로 비싸다.

게다가 굳이 앱스토어를 사용하지 않아도, 그녀가 속한 단체의 힘을 빌리면 지우가 구주방과 같이 음지의 사람이 아닌 이상 알아내는 건 그다지 어렵지 않다.

사실 지우가 숨긴 것이 별로 없어서, 굳이 구주방의 정보기관을 이용하지 않아도 되지만.

'좋아, 이걸로 소정 씨의 가치를 더 높일 수 있어. 나에게 더 큰 이득이 돌아올 거야.'

연예계 사업도 수월하게 나갈 수 있게 됐다.

중국 연예계, 특히 홍콩영화의 영향력은 미국의 할리우드만큼 크다. 여기에 들어가서 기회를 얻을 수 있다면 윤소정을 단숨에 월드 스타로 만들 수 있었다.

참고로 이와 같은 생각은 예전에 구주방에 대해서 조사하면서 떠올리게 됐다.

세계 폭력 조직인 구주방이 홍콩영화산업의 큰손이며, 뒤 배경 중 하나라는 건 제법 유명한 사실이라서 쉽게 알 수 있었다.

"다른 건 몰라도 앱스토어를 이용하지 않을 정도의 정보기관을 이용할 수 있는 건 부러울 정도입니다. 저도 사업 규모가 커지고, 그러면 그런 걸 만들어서 애용해야겠네요."

"후후, 그렇게까지 대단한 건 아니랍니다. 하오문(下午門)의 정보력은 어디까지 밑바닥의 정보여서 한계가 있으니까요."

"하오문?"

지우가 놀란 듯 두 눈을 휘둥그레 떴다. 익숙한 이름이어서 그렇다.

하오문이란, 무협소설에 자주 등장하는 어두운 단체를 말한다.

문파의 이름답게 주로 도둑, 사기꾼, 도박꾼, 소매치기, 건달, 기녀, 점소이 등의 사회의 가장 밑바닥 계층인 하류 잡배들이 모인 집단이다. 참고로 여기서 점소이란 건 현대로 치자면 음식점의 종업원을 생각하면 편하다.

어쨌거나, 이 하오문은 무협소설에서 빠질 수 없는 무공을 배운 사람이 거의 없다시피 하는데, 당연한 이야기지만 그들이 무공을 배우지 않은 약자로 구성되어 있기 때문이었다.

그 대신, 하오문은 상당한 정보력을 갖춰 정보통으로 활약하는 역할로 등장하곤 했다.

이는 하오문이 워낙 다양한 사람이 모인 집합체이다 보니 자연스레 여러 정보가 모이기 때문이었다.

하지만, 하오문은 어디까지나 가상의 단체이다.

과거에 실제로 존재했을지도 모르지만, 현대에 그런 단체 따위는 없다. 아니, 없었다고 생각했다.

"무협지 좀 제법 읽으셨던 모양이네요. 정말 그 하오문은 아니니까 너무 놀라지 마세요. 그냥 제가 정보기관으로 쓰려고 만든 단체 중에서 대충 이름을 지은 것뿐이니까요."

"그렇군요. 앱스토어 고객에 대한 정보를 돈을 쓰지 않아도 정보를 대충이나마 알 수 있다니, 그쪽 지부의 관리자가 배 좀 아파하겠어요."

"그 낚시꾼은 그런 성격이 아니라서 별 신경도 쓰지 않더군요."

"낚시꾼?"

지우가 머리를 갸웃 하고 기울였다.

"네, 중국의 관리자는 태공망이거든요."

"태공망이라 하면……."

한국에서 흔히 알려진 태공망은 두 사람이 있다.

한 사람은 기원전 11세기 경, 주(周)나라 정치가이자 전략가이며 재상으로도 활약한 역사 속에서 실존했던 인물이다.

성은 강(姜)이고, 씨는 여(呂), 이름은 상(尙). 자는 자아(子牙), 호는 비웅(飛熊)이라고 불렸으며, 이름보다는 별명인 태공망이나 강태공(姜太公) 등의 낚시꾼으로 알려져 있다.

나머지 한 사람은, 봉신연의(封神演義)라는 중국의 유명한 고전소설에 등장하는 주인공이다.

사실, 태공망이 두 사람이라고 하는 건 조금 애매한데, 그 연유는 봉신연의의 주인공이 실존인물이었던 태공망을 주인공으로 하여 쓴 소설이었기 때문이었다.

즉, 따지고 보면 이 두 사람은 동일인물이지만 우습게도 실존인물이었던 본래의 태공망보다 봉신연의의 태공망이 더 유명해져 몇몇 사람들은 태공망 하면 봉신연의의 태공망을 떠올리는 경우가 있었다.

"알고 계시는 눈치네요?"

"어떤 태공망을 말씀하는 건지 헷갈려서 문제입니다. 만약 실존인물을 말씀하시는 거라면 살짝 혼란에 빠질 것 같은데요."

전자일 경우, 기원전 11세기경의 인물이 수많은 세월 동안 죽지 않고 아직까지 살아 있다는 의미가 된다.

"아니, 설사 봉신연의의 주인공이라고 해도 도저히 믿을 수 없을 것 같습니다만……."

애초에 봉신연의는 어디까지나 소설이다. 소설 속의 주인공이 실존한다는 건 말도 안 되는 사실이다.

그렇다면, 답은 두 가지다.

하나는 실존인물이었던 태공망이 아직까지 살아왔다는 것이고, 다른 하나는 태공망이라는 별명을 누군가 대신 쓰고 있다는 뜻이었다.

"저도 중국인으로서 그게 무척 궁금해서 정보를 사서 물어봤답니다."

자오웨가 후후, 하고 낮게 웃었다.

중국에는 사대명저(四大名著)라는 말이 있다.

중국에서 제일 인지도가 있고, 인기가 있으며 문학적 가치가 제일 높은 네 가지 소설을 칭하는 말이다.

그 구성은 삼국지연의(三國志演義)와 수호전(水滸傳), 서유기(西遊記). 그리고 한국에는 잘 알려져 있지 않지만 중국인들에게는 어릴 적부터 귀에 딱지가 앉도록 듣고 자란 홍루몽(紅楼梦)이 있다.

봉신연의는 비록 이 사대명저에 들어가지는 않지만, 그래도 중국과 더불어 세계적으로 나름 인지도가 높은 소설이다.

이에 자오웨는 중국 관리자가 정말 그 태공망 본인이 맞는지 무척 궁금하여 거액을 들여 정보를 구입했다.

"그 답은 '둘 다 맞다.' 라네요."

"예?"

자오웨의 말을 듣자마자 지우의 두 눈이 화등잔만 하게 커졌다.

뒤통수를 망치로 맞은 기분이었다.

그가 알기로 앱스토어의 관리자들은 거짓말은 하지 않는다. 즉, 돈을 주고 구입한 정보는 모두 진실이라는 뜻이다.

그렇다는 건, 중국의 관리자 태공망은 실제 역사상에 살아왔던 인물이기도 하며 소설 봉신연의의 주인공이기도 한다는 뜻이다.

머리가 따라가기 힘든 정보를 듣고 지우는 어찌할 줄 몰라 했다.

"이해는 하지만 더 이상 묻지 말아 주세요. 저도 이 엄청
난 비밀이 궁금하여 물어봤지만, 애석하게도 등급이 부족
하다며 정보 제한이 걸렸으니까요."

"등급이 부족하다고 정보 제한이 걸렸다고요? 그게 무
슨 뜻입니까?"

몰랐던 사실에 지우가 의아한 시선으로 자오웨를 쳐다봤
다.

그러자 자오웨는 지우를 이상한 듯이 쳐다보며 한쪽 눈
을 감고, 머리를 옆으로 슬쩍 기울이고 입술을 달싹였다.

"당신, 정보 구매에 대해서 알고 있어서 고객 등급이 미
들인 줄 알았는데요. 아닌가요?"

"미들 등급 맞습니다만?"

"등급이 올랐다고 관리자에게 연락 와서 지점에 초대 받
은 건 맞죠?"

자오웨의 질문에 지우는 대답 대신 머리를 끄덕이는 걸
로 답했다.

"그리고 네 가지 혜택을 들었을 거고요."

"네 가지? 세 가지가 아니라요?"

로우 등급에서 미들 등급으로 조정되었을 때, 고객에게

혜택이 주어진다.

첫 번째는 돈으로 정보를 구매할 수 있는 것, 두 번째는 기초 지식에 대한 전달을 공짜로 듣는 것, 세 번째는 앱스토어 지점 방문을 원할 때마다 할 수 있는 것이다.

게다가 당시 그날은 무척 인상적이기도 하고, 자신이 사용하는 앱스토어가 뭐하는 곳인지 궁금했던 지우는 하나도 빠짐없이 그날의 대화를 기억하고 있었다.

한편, 자오웨는 지우가 영문 모를 표정을 짓고 있자, 고운 미간을 찌푸리며 계속해서 질문을 던졌다.

"당신, 한국에서 사이가 안 좋은 고객이 있나요?"

"설마……."

"아무래도 당신 외의 다른 고객이 돈을 써서 관리자를 매수해서 한 가지 혜택에 대한 정보를 누락시킨 모양이군요."

'강태구!'

머릿속에서 천둥번개가 쳤다.

한국에 남은 고객은 이제 총 세 사람. 자신과 투옥된 백고천, 그리고 아직까지도 이름밖에 모르는 강태구다.

백고천이야 투옥된 지도 제법 됐고, 그가 저지른 일이 워낙 커서 감옥에서도 상당히 위험한 취급을 받고 있으니 움직이기가 힘들 터. 그렇다면 이런 짓을 할 놈은 그동안 한국의 동맹을 뒤에서 움직이던 강태구밖에 없다.

"미들 등급의 마지막 혜택이 뭡니까?"

"그건……."

"그건?"

숨겨진 비밀 중 하나가 밝혀주는 순간이라서 그런 걸까, 괜히 긴장된 그는 침을 꿀꺽 삼켰다.

"제가 왜 그걸 공짜로 가르쳐 줘야하죠?"

"켁!"

싱글벙글 재수 없는 미소를 흘리는 자오웨의 반문에 지우는 할 말을 잃고 어이없는 표정을 지었다.

"툭 까놓고 말해서 우리가 친한 사이는 아니잖아요? 동맹도 서로의 이득을 위해서 잡은 것뿐이고요. 그렇게 궁금하시면 돈을 주고 사도록 하세요."

이에 지우가 끙, 하고 앓는 소리를 냈다.

"여태껏 태공망이나 관리자에 대해서 직접 돈을 들여 산 정보도 가르쳐 주지 않았습니까?"

"그건 정보의 가치가 그렇게까지 대단한 게 아니라서 그래요. 솔직히 기적 같은 일을 벌이는 앱스토어의 관리자가 11세기 인물 혹은, 소설 속의 주인공이라고 해도 별 이상한 일은 아니잖아요."

확실히 틀린 말은 아니다. 과학적으로 설명할 수 없는 일이 벌어지고 있는 게 앱스토어다.

뱀의 하체를 가진 관리자, 마법과 무공, 초능력을 배울 수 있는 약, 귀신이나 요정의 존재 등…… 태공망의 정체는 사실 그렇게까지 대단하고 경악적일 정도는 아니었다.

"아까는 말해 줄 것 같이 그러더만, 당신 정말 속이 시커면 여우인 거 알고 있습니까?"

"우후후, 칭찬 고마워요."

자오웨가 능글맞게 웃었다.

"뭐, 어쨌거나 잠시 본론에서 벗어났는데……당신이 부탁한 사업 관련 이야기는 이걸로 끝인가요?"

"네, 일단은 이 정도입니다."

동맹을 맺게 된 것, 이렇게 된 이상 그는 철저하게 많은 이득을 뽑기로 마음먹었다.

나중에 자오웨의 손을 빌릴 일이 추가적으로 생길지도 모르게, 미리 밑밥을 깔아 두었다.

"그것도 그렇게 어려운 일은 아니지만 역시 구주방과 연관이 되지 않았다는 걸 조작하기엔 좀 시간이 걸려요. 그것도 나중에 다시 생각해서 함께 연락드릴게요."

"감사합니다."

별 고민 없이 부탁을 들어주겠다는 자오웨의 말에 지우는 솔직하게 감사해했다.

비록 자오웨의 인성이 썩 좋은 편은 아니지만, 그래도 중국 진출이 말로만 쉽게 되는 것이 아닌 걸 알고 있기에 그걸 흔쾌히 해 주겠다는 자오웨의 답변에 그는 흡족해했다.

"그럼 전 이만 일어나볼게요. 사실, 중국에서 일 처리를 하다가 연락을 받고 급히 제주도로 온 거라서."

자오웨가 가슴에 손을 얹고 예의 바르게 인사했다.

"알겠습니다. 그럼 연락을 기다리겠습니다."

맞은편에 앉아 있던 지우도 자리에 일어나서 손을 건넸다. 자오웨는 흔쾌히 그가 건넨 손을 잡아 악수했다.

"제 동생은 좀 특이하고 무도에 골수라서 당신과 맞지 않지만, 전 개인적으로 당신과 잘 맞을 거라고 생각해요."

"어째서입니까?"

"중국에는 '유전능사귀추마(有钱能使鬼推磨)'라는 속담이 있어요. 돈이 있으면 귀신에게 맷돌질을 시킬 수 있다는 뜻이죠."

돈만 있으면 귀신도 부릴 수 있다는 의미다.

"마음에 드는 속담이네요. 나중에 제 회사에 사훈으로 달아둘 정도입니다."

또한 앱스토어와도 어울리는 속담이라고, 속으로 생각하는 지우였다.

"한국인도 그렇지만, 우리 중국인도 돈에 꽤 환장한답니다. 돈 되는 일이라면 뭐든지 하죠. 그런 의미에서 당신과 저와 비슷한 부류일 거라고 생각했거든요."

"절 뭐로 보고."

지우가 피식하고 웃었다.

"혹시라도 바깥에서 저에 대해 그런 이미지로 말씀하고 다니지 마십시오. 아무래도 제가 쌓아 온 이미지가 있어서."

"속이 검은 건 서로 마찬가지네요, 위선자 씨."

"칭찬 감사합니다."

그는 방금 전의 그녀처럼 능글맞게 웃었다.

"아 참, 그러고 보니 요구는 저만 했는데…… 당신도 저에게 할 요구가 있지 않습니까?"

칭후가 덤벼들기 전, 그녀는 자신을 돕는 대신에 몇 가지 부탁을 들어달라고 했다.

그 부탁을 대신 수행할 수 있는지 무력을 확인하기 위해서 칭후가 싸움을 걸어왔기에, 지우는 그게 무엇인지 무척이나 궁금했다.

"그것도 당신 사업과 함께 나중에 통보해드릴게요. 아, 참. 번호 좀 주실래요?"

"장 핑에게 말해두도록 하겠습니다. 마찬가지로 저도 당신의 연락처를 장 핑에게 받아 가면 되겠습니까?"

"네."

장 핑이 들었으면 게거품을 물고도 남을 대화다. 그의 입장으로서는 악마와 괴물 사이에 껴있는 건 생지옥이나 다름없을 테니까 말이다.

"그럼, 나중에 뵐게요."

"예, 다음에 뵙겠습니다."

두 사람이 악수한 손을 떨어뜨리고, 각자 뒤를 돌았다.

'위험한 여자다.'

정지우는 자오웨를 경계했다.

뇌가 근육으로 되어 있을 칭후와는 차원이 다르다.

백고천도, 양추선도, 김효준과도 전혀 다른 타입이다.

자신과 같이 이익을 쫓고, 머리를 굴릴 줄 알며, 뒤에서 자존심이고 뭐고 음계를 짜는 여자. 이런 여자는 귀찮다.

'위험한 남자네요.'

자오웨도 정지우를 경계하는 건 마찬가지였다.

비록 칭후와의 싸움이 도중에 멈췄지만, 그녀가 봤을 때 지우가 지닌 무력은 상당했다. 게다가 속여 먹을 상대도 아닌지라 꽤나 귀찮아질 지도 모른다.

'내가 약했으면 날 죽이려 했어.'

'칭후와 제가 약했다면 저희를 죽이려 했을 거예요.'

두 사람의 생각이 일치했다.

'충분한 힘을 기르기 전까지, 철저하게 이용한 뒤에 죽인다.'

자신에게 부족한 건 세력이다.

만약 구주방과 비슷한 거대한 세력이 자신의 산하에 있거나, 혹은 뒤에 있었다면 굳이 이런 위험한 여자와 손을 잡지 않았을 것이다.

그동안, 지우 자신은 한국의 타 고객들과 싸운 연유는 단순했다. 자기에게 위협이 되기 때문에, 가족들이 위험할지도 모르기 때문이다.

비록 힘이 부족해 이들과 손을 잡았지만, 이건 어디까지나 일시적이다. 언제든지 동맹을 깨뜨릴 생각을 하고 있었다.

'그때까지 잘 지내봐요, 위선자 씨.'

자오웨가 눈을 가늘게 뜨고 웃었다.

입구 근처에서 그 모습을 지켜보던 용호단원은 그 섬뜩한 미소에 안색이 창백해졌다. 그동안 보았던 어떤 웃음보다도 매혹적이었지만, 동시에 공포스러웠다.

제3장

어린 것이 그렇게 좋아?
나도 어린데

  자오웨, 칭후와의 만남이 있은 직후, 지우는 한소라를 만나러 갔다.

  그들과 대화에 있을 적, 한소라가 무척 걱정했기 때문에 그녀에게 나름대로 사정을 설명하기 위해서였다.

  당연한 이야기지만, 앱스토어나 구주방에 대한 것은 모두 비밀로 하고 적절하게 거짓을 섞었다.

  "학창 시절에 중국어를 공부하다가 만났던 친구들이에요. 근데 제가 군대에 입대하고, 소원해졌는데 연락 한 번 안 했다고 삐져서 분위기가 좀 험악했던 거예요. 화해해서 이제 괜찮아요."

"네? 하지만 지우 씨 친구 없지 않아요?"

"……."

한소라는 나름대로 지우에 대해 관심도 있었고, 할아버
지인 한도공이 손녀사위로 삼은 인물인지라 그에 대해서
여러모로 그에 대해서 알고 있었다.

그녀가 알기로 지우는 친구라곤 김수진 외에는 연이 없
는 남자다. 중학교, 고등학교 친구가 없는 건 아니지만 말
이 친구지 사실 '같은 반 아이' 정도의 수준이다.

"하하하, 아무래도 소라 씨가 재벌 집 따님이라 잘 모르
시는 모양이네요. 원래 친구란 건 인터넷으로 사귀는 법입
니다. 채팅을 통해 만났어요."

아니다.

"그런가요……."

조금 미심쩍었으나, 한소라는 그의 말에 뭐라 반박할 수
가 없었다. 실제로 그녀는 교우 관계나 학창 시절 등이 일
반 사람들과 많이 달랐기 때문이었다.

어릴 적부터 잦은 유학과 더불어, 여러 기업의 재벌 집
소년소녀들과 어른들이 있는 자리에서 교우 관계를 쌓았
다. 친구라고 하기 민망할 정도로, 그냥 재벌가 자식들의

교류 정도에서 끝났다.

일반인과 전혀 다른 삶을 살아왔기에, 지우가 '재벌 집 따님이라 잘 모르시네요.' 라는 말에 아무런 반박을 할 수 없었기에, '그런가?' 하고 넘어가 버렸다.

이후, 자오웨와 칭후 때문에 잠시 미뤄두긴 했으나 지우는 원래 목적이었던 로드 버거와 카페의 뒤처리를 위해서 움직였다.

뒤처리라고 해도, 딱히 할 건 없었다.

오픈이야 이미 연 지 오래였고, 제주점에서 종업원으로 일하고 있는 요정들에게 운영이 문제없이 돌아가고 있다는 소식을 들었다.

괜히 로드 버거와 카페가 아니다. 약속된 승리라고 할 만큼, 굳이 손을 대지 않아도 장사는 수월하게 됐다.

두 점포 모두가 예전부터 서울 외에도 전국에서 명성이 상당히 높은 덕분에, 사람들도 정말 많이 몰리게 됐다.

식상하긴 하지만, 제주점 역시 누가 봐도 훌륭할 정도로 대박을 터뜨렸다.

그 후, 지우는 한소라와 함께 여러 가지 일이 있던 여행을 끝내고 다시 서울로 돌아왔다.

                    *   *   *

자오웨에게 연락이 왔다.

— 위선자 씨, 저예요.

"그 별명으로 계속 부르실 겁니까?"

— 어머, 전 개인적으로 입에 달라붙어서 참 좋은데요?
마음에 안 드세요?

"이 여자는 성격파탄자가 분명해."

지우가 한국어로 중얼거렸다.

— 후후후. 설마 제가 한국말을 모른다고 생각하는 건 아
니겠죠?

"……."

생각해 보면 자오웨는 한국에서 골드 그랜드 호텔을 통
해 돈을 벌고 있다. 한국에서 돈을 버는 만큼, 한국어에 대
해 모를 리가 없다.

아니, 앱스토어의 상품을 이용하자면 굳이 공부를 하지
않아도 전 세계 언어 모두를 순식간에 익힐 수 있기에 하지
못하면 도리어 이상하다.

— 농담은 여기까지 하고, 당신이 부탁했던 사업 계획.
대충 틀이 잡혀서 연락드렸어요.

"호오."

— 당신이 데리고 있는 가수를 중국 진출하는 건 그다지 어렵지 않아요.

"어떤 방법입니까?"

— 며칠 뒤, 제가 중국 방송국 간부들 등의 비리 증거들을 당신에게 넘겨드릴게요. 그걸 통해 그들을 적당히 협박하면 그쪽 가수를 밀어 줄 거예요.

자오웨의 입장에서, 연예인 한 명을 밀어주는 건 역시 구주방의 이름을 빌리는 것이다.

홍콩영화산업, 나아가 중국 연예계 전체에 크게 영향력을 떨치는 구주방의 힘이라면 손쉽게 지원을 받으며 크게 인기를 끌 수 있다. 물론 권력의 힘으로 말이다.

하지만, 지우가 구주방이나 용호단과 연결되는 걸 꺼려하니 이 방법은 쓸 수 없다.

그래서 자오웨가 생각한 것이, 언젠가 써먹을 생각으로 모아 두었던 비리 증거 자료였다.

— 이 자료는 제가 하오문을 통해서 수집해 온 정보예요. 구주방의 다른 간부들도 모르는 자료이니, 유출에 주의하도록 하세요.

"괜찮은 방법이군요."

지우는 크게 만족했다.

자고로 약점을 쥐고 있는 것보다 더 완벽한 것이 없다.

어떤 비리인지는 모르겠지만, 그래도 천하의 용호단주가 모아온 정보일 테니 그 가치는 보통은 아닐 터.

일이 생각보다 더 잘될 것이라고 생각됐다.

'박영만 씨가 중국어를 할 수 있으려나?'

박영만은 여러모로 신뢰할 수 있는 인물이다.

게다가 그는 이미 예전에 SU 엔터테인먼트와 방송화류협회 등 지우가 그들의 약점과 비리 등을 잡고 협박해서 세이렌에 이득이 가게 한 것을 잘 알고 있다.

이번에도 그와 비슷한 점이라고 설명하면 박영만은 흔쾌히 따라올 터이다.

만약 그가 이런 걸 어디서 구했냐고 한다면, 방송화류협회의 회장을 털어서 얻었다고 대답하면 그만이다.

다만 문제는 박영만이 중국어를 할 수 있느냐다.

할 수 없다면, 당연히 통역가를 대동해야 하는데, 만약 그가 이 사실을 떠벌리고 다닌다거나 하는 일 등이 일어나면 무척 곤란해진다.

— 그리고, 상하이 시내에 당신의 카페와 햄버거 가게에 관련된 일입니다만.

"예. 어떻게 됐습니까?"

─ 결론만 말하자면 실패입니다. 당신이 말한 상품을 대신 구매하는 건 문제없지만, 일단 당신 가게는 아직 국제적으로 크게 유명한 것이 아니라서, 프랜차이즈 사업에 관심을 가진 중국인은 몇 없어요. 아무래도 시간이 더 걸릴 것 같네요.

"예상한 바입니다."

지우는 이해하는 얼굴로 혼자서 머리를 끄덕였다.

"그건 윤소정 씨가 중국에 진출하고 인기를 끌면 광고를 끌어서 해결하는 걸로 하죠. 그때까지는 제가 직접 분점을 낼 테니 임대할 지역과 건물이나 알아봐주십시오."

─ 알았어요.

"그럼, 이제 당신이 어떤 걸 요구할지 가르쳐 주시겠습니까?"

지우는 살짝 긴장 어린 표정으로 물었다. 속으론 혹시라도 들어줄 수 없는 요구를 하면 어쩌나, 하는 불안감이 약간 묻어났다.

─ 저도 '일단은' 두 가지를 말해볼게요.

'사람 속 엄청 긁는구만.'

며칠 전, 자신이 그녀와 동맹을 체결할 때 제시하며 말했던 걸 떠올리며 지우는 속으로 혀를 찼다.

— 제일 먼저 요구할 건, 당신이 중국에서 하는 사업의 순익 10퍼센트를 저에게 넘겨줬으면 하네요.

"끄응……."

예상했다는 표정으로 그는 속으로 드디어 올 것이 왔다고 생각했다. 그는 몇 차례 한숨을 쉬더니, 자포자기한 심정으로 어렵게 목소리를 냈다.

"알겠습니다."

— 어라? 의외로 쉽게 승낙하시네요?

전화기 너머로 의외란 듯 두 눈을 껌뻑이는 자오웨가 연상됐다.

"대충 예상했으니까요. 당신도 돈 좀 밝힌다고 했잖습니까? 그렇다면 당연히 요구하겠죠. 애초에 중국 진출이 그렇게 쉬운 것도 아니고."

이러한 이유도 있긴 하지만, 순익의 일부분을 넘기게 되면 자오웨 본인도 자신의 사업에 관심이 있을 수밖에 없다.

적은 돈이라면 모를까, 앱스토어의 힘을 이용한 기적 사업을 통하면 수익도 상당히 나와서 자연히 눈이 간다.

즉, 사업 관련으로 무언가 문제가 생기고, 자신이 중국 지부를 신경 쓸 수 없는 상황이라면 분점을 관리해 주는 한소라처럼 중국 지부의 가게들을 나름대로 관리해 달라는 뜻이었다.

— 과연, 순익을 가져가는 대신 중국 지부를 좀 신경 써 달라는 거네요.

"굳이 설명하지 않아도 눈치채줘서 고맙습니다."

즉, 두 사람은 동맹 관계이자 동업자이기도 했다.

— 하지만 세이렌 쪽은 그렇게 많이 도와줄 수 없어요. 이래 봬도 전 공안에 쫓기는 몸이라서요. 아무리 구주방의 힘이라도 대놓고 중국 정부의 비호를 받는 방송국에 손을 대면 금방 그쪽에서 우리가 관련되어 있다는 걸 눈치챌 거니 유의하세요.

"예. 대신 세이렌 쪽 순익은 5퍼센트만 받아 가시죠. 솔직히 이쪽 관련 일은 그쪽에서 약점 자료만 제공하는 정도밖에 없지 않습니까?"

— 그 자료가 없으면 애초에 진출도 할 수 없는 걸 잊으신 모양이네요. 9퍼센트.

"6퍼센트."

—정말 독하고 짜증 나는 남자네요. 7퍼센트로 해요.

"좋습니다."

솔직히 말해서 그녀를 보고 금액을 깎을 수 없을 것이라 생각했다. 그런데 무려 2퍼센트나 줄였으니 생각지도 못한 횡재였다.

"다른 요구 사항은 뭡니까?"

사실 순익의 일부분을 넘기는 요구 사항은 거의 기본인 지라 그렇게까지 중요하게 생각하지 않았다.

그다음의 요구 사항이 아마 동맹 체결의 결정적인 이유 라고 생각됐다.

세력이나, 경제력으로 보나, 모든 것이 자신보다 뛰어난 자오웨다. 그런 자오웨가 일부러 골치 아픈 대화를 하고 무 력을 통해 자신을 시험한 것은 다 이 요구 사항 때문이라고 생각됐다.

— 예, 그건…….

*　　　*　　　*

"후우우……."

전화를 끝낸 지우는 홀로 방 안에 앉아 긴 한숨을 푹 내 쉬었다.

"너무 많은 일이 한꺼번에 벌어져서 머리가 따라가기 힘 들 정도야."

예상은 했으나, 처음으로 만난 외국의 고객.

그들을 통해 결국 기적의 앱스토어가 지구촌 모든 곳에 퍼져 있다는 것을 알게 됐다.

그리고 그들과 싸우고, 대화를 통해 비록 불안전하지만 동맹을 맺어 처음으로 아군으로 부를 수 있는 사람들도 생겼다. 물론 그 모양새만 아군이고, 언제든지 적군으로 돌아갈 수 있는 상황이었지만 말이다.

어쨌거나, 동맹 관계인 자오웨를 통해서 여러 가지 정보를 알게 됐다.

중국의 관리자인 태공망에 대해서.

그리고 그보다 더 중요한, 미들 등급의 네 가지 혜택이 있었다는 것과 강태구에 의하여 그걸 알 수 없게 된 것이다.

'강태구는 왜 내가 그걸 알 수 없게 손을 쓴 걸까? 아마 내가 알게 되면 강태구 본인이 곤란해지는 것일 테지. 그렇다면 돈을 써서 알아봐야겠어.'

비록 정보가 비싸긴 하지만, 최근에는 제법 부유해졌으니 돈을 써서 알아보는 것도 나쁘지 않다.

하지만 여기서 문제가 있다.

'이렇게 숨긴 걸 보니 강태구는 거액을 들어 정보 제한

을 걸었을 터. 그렇다면 당분간은 알 수 없다.'

앱스토어의 정보전은 결국 누가 더 돈을 많이 가지고 있느냐. 즉, 순수한 현찰 박치기라 할 수 있다.

하지만 지금은 사업 관련으로 여러모로 돈 나갈 때도 많으니, 당분간은 좀 미뤄 둬야 할 필요가 있었다. 네 번째 혜택을 알려면 돈에 충분히 여유가 있어야 한다.

'그리고, 이걸로 관리자는 믿을 수는 없게 됐어. 님프가 경고한 대로야.'

님프는 관리자, 특히 대한민국 지부의 관리자인 붉은 머리의 마녀를 조심하라고 했다.

라미아 본인은 그저 요정왕과 사이가 안 좋아서 그렇다고, 그 외에는 아무것도 없다고 했지만 결국 옳은 것은 님프였다.

물론, 라미아의 입장에선 앱스토어의 룰대로 대응한 것이지 그 본인이 잘못한 건 없었다. 굳이 나쁜 사람을 찾는다면 이 사실을 숨기게 한 강태구가 문제다.

하지만, 라미아 본인이 억울하건 말건 간에 일단 그녀는 누군가 돈을 주면 무엇이든지 한다. 얼마든지 거짓말을 하고, 가르쳐 줘야 할 것을 가르쳐 주지 않는다.

'앞으로 더더욱 바빠질 것 같네.'

　　　　　*　　　*　　　*

　이튿날, 그는 일단 윤소정의 중국 진출 관련 업무부터 처리하기로 생각하고 행동했다.

　제일 먼저 할 일은, 자오웨가 넘겨준 비리 자료를 이용해 중국 방송계의 협력을 얻는 것이었다.

　그녀가 자료와 함께 방송국 관계자의 연락을 건네준 덕분에, 이를 통해서 당사자에게 비리 자료의 일부분을 건넸다.

　"이름, 하우쉔(皓轩). 62세. 직위를 이용하여 받은 뇌물이 약 570억 원. 많이도 처먹었군. 허, 거기다가 미모의 이십 대 아나운서랑 은밀한 사생활도 즐겼다…… 이거, 털면 털수록 끝나지가 않네."

　중국 중앙 방송국(China Central broadcasting)라는 것이 있다.

　중국의 방송은 대부분 나라에서 운영, 통제되는데, 그중 대표적인 것이 바로 이 국영방송국인, 일명 CCB다.

　CCB는 국영방송국인 만큼, 국장 및 고위 간부들은 단순히 노력한다고 오를 수 있는 자리가 아니다.

나라에 관련된 관료들이거나, 혹은 그들과 연관된 가족이나 인맥, 학연 등으로 이어진 사람들만 가능하다.

그러다 보니 CCB에 취직하는 것은 곧 공무원이나 마찬가지며, 간부에 오른다면 웬만한 정치인만큼이나 큰 영향력과 권력을 뽐낼 수 있다는 뜻이었다.

웬만한 중국 대기업보다 더 탐스러운 자리가 이 CCB이라 할 수 있었다.

어쨌거나, 이 CCB에는 여러 가지 채널이 있는데 그중에는 단연 음악 채널도 있었다.

대한민국으로 따지자면 케이 뮤직과 비슷한 역할을 하는 채널로서, 중국의 여러 가수들이나 혹은 외국의 가수들도 가끔씩 초청하여 노래를 하거나 소개하곤 했다.

하우쉔은 이 음악 채널을 관리, 감독하는 총책임자로서, 중국에서도 최고위 상류층에 속하는 인물 중 하나였다.

자오웨는 자료를 넘겨주면서 윤소정을 중국에 진출시키려면 이 인물이 제일 적당하다고 조언을 해 주었다. 그래서 하오쉔부터 시작하기로 마음먹었다.

웅. 우웅. 우우웅.

"오, 메일 전송한 지 아직 10분밖에 되지 않았는데. 금방 연락 오네."

지우는 히죽 웃으며 전화를 받았다.

정확히 10분 전, 그는 하우쉔에게 자오웨가 넘겨준 자료를 넘기면서 자신의 연락처를 남겼다.

정체를 숨길 생각은 하지 않았다.

어차피 윤소정과 세이렌을 도우라고 말하는 이상, 간접적으로 정체를 알리게 된다.

숨기려고 해도 하우쉔은 범인을 자신 아니면 박영만이라고 생각할 것은 뻔한 일이었다.

"예, 여보세요."

참고로, 한국어가 아니라 중국어를 사용했다.

— 네가 보낸 자료, 어디서 얻었지?

"하우쉔. 그건 궁금해할 필요가 없는 것 같아. 지금 중요한 건 나와 거래를 할 거냐, 아니냐지."

— …….

"하지 않는다면 나야 이걸 너희 쪽 언론, 인터넷에 모두 폭로하면 그만이이니까."

— 내가 누군지는 알고 있나?

"CCB에서 언론 통제를 할 수 있는 건 알고 있어. 하지만 그뿐이야. 네가 해 놓은 게 워낙 엄청나서 이걸 퍼뜨리면 네 적대 세력이 좋다고 달려들걸. 네가 아무리 대단하고 이

거까지 막긴 힘들 텐데?"

— 큭······.

스마트폰 너머로 하우쉔이 이를 뿌드득 가는 소리가 생생하게 들려왔다.

"얘기 길게 끌 것도 없어. 거래, 할 거야, 말 거야?"

— 대신 거래는 얼굴을 직접 보는 걸로 대신하지. 또한, 백업 파일 따위는 남기지 않고 자료를 모두 가져와 내 눈앞에서 소각해라.

"마음에 드네. 그리고 난 거래에 관해서는 신뢰가 확실하니까 걱정 마. 좋아, 메일로 주소를 보낼 테니까 삼 일 뒤에 한국 시간으로 19시에 맞춰서 오도록 해."

— 네놈, 나보고 그쪽으로 가라고?

"내가 그쪽으로 갔다가 무슨 꼴을 당하라고? 공안에게 체포되는 것도 싫고, 혹은 중국 권법의 고수들한테 살해당하는 것도 웬만하면 거부하고 싶거든."

사실 단순히 중국까지 가기가 귀찮아서다.

공안이건 중국 권법의 고수건 간에, 사실상 그에게 위험이 되는 인물은 자오웨와 칭후밖에 없다.

"그럼 그때 보자고."

                    *   *   *

3일 뒤.

명동에 위치한 호텔.

응접실, 업무 공간까지 붙어 있어 편안한 휴식뿐만 아니라 미팅까지도 가능한 초호화 비즈니스 룸.

낮에는 그저 아무런 특색 없는 회색 건물 숲밖에 보이지 않지만, 심야가 되면 불빛을 머금은 건물 숲은 절경이라 할 정도로 아름다운 광경을 만들어 낸다.

응접실에 앉아 커피를 한 모금 마신 그는 정면으로 고개를 돌렸다.

"만나서 반갑다, 하우쉔. 간단한 자기소개를 하자면 한국에서 세이렌이란 연예인 소속사와 이것저것 다른 것들도 하는 기업가 정지우라고 한다."

하우쉔은 동그란 철제 안경에, 살이 찌고 M자형 탈모가 진행된 중년, 아니 노인에 가까운 남성이었다.

머리카락도 부분부분 희끗하게 센 걸 보면 이제 곧 있으면 칠십 대가 아닐까 싶었다.

"말이 짧군. 내가 알기론 한국도 유교에 꽤나 영향을 받은 걸로 알고 있는데, 네놈은 장유유서라는 말도 모르느냐?"

하우쉔이 주름 가득한 얼굴을 잔뜩 일그러뜨렸다.

"장유유서도 장유유서 나름이지. 직위를 이용해서 570
억 원 처먹고, 그걸 이용해 젊은 아나운서한테 수작질이나
하는 놈한테는 존중할 마음이 요만큼도 생기지 않아서."

"이 새파랗게 어린 새끼가……!"

하우쉔은 악귀같이 일그러진 얼굴로 들끓는 목소리를 냈
다. 의자의 팔걸이를 잡고 부들부들 떠는 모습이, 툭 건드
리면 폭발할 것 같았다.

"하우쉔, 어린애 좋아하는데 너무 그러지 마. 보아하니
너 진짜 가지가지 하던데? 아나운서뿐만 아니라, 가수, 배
우 등 죄다 이십 대 미모의 여성들만 건드렸잖아."

그는 미리 준비해 두었던 서류 몇 가지를 탁자 위에 던지
듯이 올려두었다.

"네놈, 대체 이 많은 걸 어디서 다……."

서류들을 살핀 하우쉔이 안색에 변화가 일어났다. 벌겋
게 달아올랐던 핏기는 차츰 사라지고, 얼음장처럼 차가워
졌다.

지우가 던지다시피 건네준 서류는 모두 하우쉔의 사생활
이 담겨져 있었다. 하우쉔이 국내, 해외에서 여성들과 사적

인 만남과 사랑하는 장면들이 사진에 찍혀 있다.

솔직히 이 자료를 자오웨에게 건네받고, 확인했을 때는 지우 역시 하오문의 정보력에 혀를 내둘렀다.

'생각보다 하오문의 힘이 굉장하네.'

중국내는 그렇다 쳐도 설마 외국에서의 증거 자료까지 수집할 줄은 몰랐다.

사실, 현대의 하오문이 지닌 힘은 정말 생각보다 상당히 컸다.

무협지의 경우 하오문이야 중원 무림, 즉 중국밖에 통용되지 않지만 현대는 전혀 아니다.

알다시피 전 세계에 중국인 노동자는 상당히 많고, 불법 체류자도 여러 명 있다. 그런 이들은 대부분 사회 계급 아래층이 대부분이고, 하오문이 그런 단체이다 보니 이런 무시무시한 정보력을 발휘하는 것이었다.

'대체 뭐하는 놈이지?'

한편, 이러한 속사정을 모르는 하우쉔은 지우가 건넨 정보량을 보고 충분히 경악하고 있는 상태였다.

처음, 사적으로 사용하는 계정으로 연락이 왔을 때는 뭔가 했다. 혹시 아는 사람에게 연락이 왔나 싶었다.

하지만 메일을 확인해 보니 전혀 아니었다. 하우쉔에게

있어서 그것은 거대한 재앙이었다.

불륜을 했던 증거와 더불어서, 그동안 저질러 온 온갖 비리들의 일부분이 잘려서 메일로 전해져왔다.

하우쉔은 처음에 그걸 보자마자 혹시 중국에서 자신과 관련된 사람이 아닐까 싶었다. 그렇지 않으면 이렇게까지 자세한 정보를 알지는 못하니까 말이다.

하지만, 이후 메일로 적혀진 연락처에 연락하자, 범인의 정체가 중국어에 능통한 한국의 한 기업가라는 것을 알게 됐다.

헌데 신기하게도 그 기업가는 정체를 숨기긴커녕 도리어 자신이 누구인제 제법 자세하게 알려 주었다.

하우쉔은 정말 그 장본인의 정보가 맞는지 의심했지만, 그래도 다른 방법이 없기에 일단 그에 대해 조사해 봤다.

그러나 조사를 하면 할수록 더더욱 상황은 오리무중에 빠졌다.

'중국에 중 자도 관련 없는 남자. 유학을 한 경험도 없고, 중국어 자격증이 있는 것도 아니야.'

이상했다. 이상해도 너무 이상했다.

'집안도 별 볼 일 없는 평범한 놈……이었지만, 어느 날 갑자기 한국에서 사업을 성공해 기업가가 됐다. 그런데 그

뿐이야. 아무리 생각해도 나와, 아니 중국과 관련된 일이 별로 없어.'

정말 수상하기 그지없는 놈이었다.

예상가는 것도 하나도 없고, 생각하면 생각할수록 머리만 아파온다. 꼭 귀신에게라도 홀린 기분이었다.

짝!

생각에 빠져 있을 때, 갑자기 들린 박수 소리에 하우쉔이 정신을 퍼뜩 차렸다.

"자, 이제 이 먼 한국까지 왕래했으니 슬슬 본격적인 이야기를 해 볼까. 솔직히 우리가 커피 한잔하자고 만난 건 아니잖아?"

"……."

"이 책상 위에 있는 서류들을 포함하여, 여기 안에는 네가 껄끄러워 하는 것이 모두 있어. 네 인생을 모두 파괴할 정도로 그 영향력은 굉장하지."

지우는 탁자 위에 USB 하나를 올려두었다.

하우쉔의 시선이 자연스레 USB로 향하였다. 그 눈동자는 희미하지만 동요의 감정과 함께 떨리고 있었다.

"저번에 전화로 말했다시피, 이걸 내가 어떻게 손에 넣었는지는 중요하지 않아. 네가 내 몇 가지 요구 사항을 들어준다면 이걸 전부 너에게 돌려주겠어."

"흐, 흐흐흐……요구 사항이라고?"

하우쉔은 그 말을 듣자마자 음산하게 웃어 댔다.

그러곤 두 눈을 부릅뜨고, 마주 보고 있는 지우를 매섭게 째려보며 노성을 토해 냈다.

"이 머저리 같은 놈아! 네가 협박하고 있는 내가 진정 누구인지 알고 있느냐!"

하우쉔은 분노가 치밀어 올랐다.

비록 상대가 칼을 쥐고 있어도, 어차피 애송이다.

자신은 젊을 적에 CCB에 입사하고, 온갖 상관들에게 뇌물을 뿌리고 자신의 자리를 위협해오는 부하들을 자르면서 온갖 암투 끝에 이 자리까지 올라왔다.

솔직히 말해서, 그런 산전수전을 겪은 하우쉔의 입장에서 지우는 정체가 의심스럽긴 하지만 거기까지다.

그 이상 위협으로 느끼지는 않는다. 반대로 상대하기도 성가신, 그저 운 좋게 자신의 자료를 얻은 얼치기에 불과했다.

"어쩌다가 얻은 자료로 한몫 단단히 챙기고 싶은 모양인데, 네 생각대로는 안 될 거다. 왜 네가 애송이인 줄 아느냐?"

"……."

지우는 답변하지 않고 그저 하우쉔의 눈을 물끄러미 쳐다보기만 했다.

하우쉔은 그런 지우가 자신에게 겁먹었구나, 하고 생각하며 속으로 회심의 미소를 흘렸다.

"아마 자신이 준비한 장소라고 너무 자만한 모양인데, 네가 뭘 잘못했는지 내가 똑똑히 알려 주지."

하우쉔은 스마트폰을 꺼내 얼른 준비한 메시지를 보냈다. 그러자 얼마 지나지 않아 문이 삐리릭 하는 소리와 함께 험상궂은 인상의 거한 두 명이 들어왔다.

"애송아. 잘 들어. 넌 하나는 알아도 둘은 모르는구나. 이 호텔은 내가 한국에 놀러올 때 단골로 들리는, 꽤나 귀빈 취급을 받는 곳이다."

하우쉔은 출장 업무라는 명목하에 불륜 상대들과 함께 외국에 자주 나가 놀곤 했다.

당연한 이야기지만, 한국도 자주 가는 국가 중 하나였다. 지리적으로 가까우니 당연하다.

"내가 이 호텔에 자주 오는 이유는, 지배인에게 돈만 찔러 주면 나와 내 여자들에 대해 철저히 비밀을 지켜 주기 때문이다."

하우쉔의 입가에 진한 미소가 번졌다.

"난교 파티를 하건, 뭘 하건 간에 신경 쓰지 않아. 방음도 잘 돼서 주변 투숙객도 여기서 어떤 일이 일어나는지 모른다."

모든 상황이 자신의 뜻대로 움직이고 있었다.

제4장

꿈을 계속 간직하고 있으면
반드시 실현할 때가 온다

"중국도 한국도, 돈만 있으면 참 좋은 나라야. 예전에도 여자애 한 명을 여기서 실수로 기절시켰는데, 지배인에게 부탁하니 직원이 알아서 대신 처리해 주더라고."

하우쉔은 생각보다 더한 쓰레기였다.

하기야, 뇌물수수뿐만 아니라 직위를 이용해 젊은 여성들을 억지로 성접대하게 만든 것부터 보면 그 인성이 어떤지는 대충 알 수 있다.

즉, 하우쉔은 애초에 거래할 생각조차 없었다. 지우를 처리하기 위해서 직접 만나자고 한 것이다.

"멍청하게도 네놈이 나에 대해서 잘 모르고 여기로 약속 장소를 잡았단 말이다! 하하하하!"

하우쉔은 고개를 뒤로 젖히며 크게 웃어 댔다.

중국에서 만났다면 처리가 더 간편했을 텐데, 한국에서 만나자고 하길래 어떻게 이곳으로 안내하면 될까 고민했었다. 그런데 우습게도 상대편이 스스로 호랑이 아가리로 머리를 들이댔다.

"왜, 너무 놀라고 무서워서 할 말을 잃었나?"

아무런 말도 하지 않는 지우를 보고 하우쉔이 비릿하게 웃으며 물었다.

"아니, 생각보다 네가 더 멍청해서 놀라고 있는 중이야."

지우는 딱히 화를 내지도, 그렇다고 겁을 먹지도 않은 무덤덤한 표정으로 대답했다.

"흥, 괜한 허세를 부릴 필요는 없다. 지금이라도 잘못했다고 빌고 네 소속사에 있는 여자 몇 명 받친다면 내 특별히 관대하게 용서해 주마."

"지랄하고 있네."

지우는 한국어로 중얼거리며 탁자 위에 올려 둔 서류 몇 가지를 잡아들어 확인했다.

"한국어로 뭐라고 지껄였는지 모르겠지만…… 곧 있으면 내가 단순히 농담을 한 게 아니라는 걸 깨닫게 해 주마!"

하우쉔이 오른손을 들자 방 안에 들어온 거한 두 명이 천천히 다가왔다.

"진지하게 묻겠는데, 네 목 위에 달린 건 장식이냐, 아니면 진짜냐?"

그는 뒤지고 있던 서류 중에서 두 장을 꺼내 탁자에 놓고 하우쉔 쪽으로 밀었다.

서류 위에는 하우쉔과 묘령의 여성이 촬영된 사진과 빼곡하게 늘어진 중국어가 언뜻 보인다.

"말했다시피 네가 해외에서 어떤 여자들과 놀아났는지는 거기에 제법 상세하게 설명되어 있어. 당연히 이 호텔과 너의 관계에 대해서도 있는데 내가 그걸 모르고 멍청하게 여길 약속 장소로 잡은 걸까?"

그 물음에 하우쉔이 몸을 움찔하고 떨었다. 두툼한 턱살 또한 흔들리며 파도처럼 출렁거리는데, 그게 꼭 감정의 동요를 일으키는 것 같았다.

"내가 여길 약속으로 잡은 건, 이 호텔의 VIP 객실을 한 번쯤 공짜로 이용하고 싶어서야. 설마 너 같은 쓰레기를 만나러 이런 방을 내 돈 주고 빌리겠어?"

"허, 허세는 통하지 않는다!"

말은 이렇게 했지만, 하우쉔은 속으로 찔끔했다.

결론만 간략하게 말하면, 하우쉔은 너무 큰 방심을 했다. 협박한 상대가 외국인이고, 나이도 무척 어렸다. 신상 정보를 봐도 조금 대단하긴 하지만, 자신에 비해선 별거 아니라고 생각하다 보니 우습게 봤다.

그러다 보니 자세하게 파고들지 못하고, 그저 자신의 약점을 잡아 한몫을 어떻게 챙기려는 파파라치 정도라고 생각했다.

"이봐! 혹시 바깥에 누가 있던가?"

하우쉔이 불안했는지 미리 돈을 주고 고용한 거한 둘에게 물었다.

"아니오, 밖에는 아무것도 없었습니다."

"애초에 당신이 지배인을 돈으로 매수해서 문제없게 만들지 않았습니까? 걱정하지 마십시오. 이곳으로 다른 사람들은 출입도 제한되어 있습니다. 아마 저건 허세일 겁니다."

거한들 역시 지우의 자신만만한 태도에 조금 불안하긴 했으나 문제없을 거라고 생각했다.

"그래? 출입도 제한되고, 여기에서 무슨 일이 벌어나도 아무도 눈치를 못 챈다는 뜻이지?"

지우가 낮은 목소리로 음산하게 웃으며 자리에서 천천히 일어났다.

하우쉔과 거한들이 제일 잘못한 건, 스스로 무덤을 팠다는 것. 그리고 지우가 누군가 도움이 될 사람들을 부를 것이라고 착각해 버린 거다.

사실상 그에게 경찰이건, 보디가드건 간에 필요성이 없다. 만약 적이 같은 앱스토어의 고객이라면 이야기가 달라졌겠지만, 그런 경우가 아니니까 상관없다.

"좋네, 그거."

지면을 슬쩍 밀쳐내고 몸을 앞으로 쭉 내민다. 단지 그 단순한 행동 하나로 지우의 몸이 사라졌다가 거한의 코앞에 나타났다.

"헉!"

거한이 깜짝 놀라며 자기도 모르게 무의식적으로 주먹을 휘둘렀다.

지우는 눈 하나 껌뻑 하지 않고 휘두른 주먹을 고개만 살짝 돌려 간단하게 피해 버린 뒤, 그대로 손을 번개같이 출수하여 거한의 머리통을 붙잡았다.

"멍청한 고용주 때문에 고생이 많다."

살인이 일어나면 여러모로 처리할 일이 생기기도 하고, 앱스토어 고객만큼 위험이 되지 않으면 군이 목숨을 빼앗을 필요는 없다.

그는 머리통을 쥔 손에 힘을 줘서 그대로 바로 옆 탁자에 힘껏 내리쳤다.

콰아앙!

머리인지, 탁자인지는 잘 모르겠으나 무언가 박살 나는 소리와 함께 거한의 육중한 몸이 탁자에 처박혔다.

곧바로 뇌진탕에 이르렀는지, 거한은 눈을 까뒤집으며 그대로 정신을 잃었다.

"이게 무슨……."

남은 거한은 너무 갑작스레 벌어진 일이라, 머리로 따라가지도 못하고 당황했다.

"젠장!"

다만, 하우쉔은 이런 상황에 제법 익숙했는지 무언가 잘못됐다는 걸 깨닫고 얼른 몸을 일으켜 도주하려 했다.

"어딜 가."

"으악!"

비명과 함께 거한의 몸뚱아리가 공중에 붕 떴다.

거한은 곧 자신이 지우에게 멱살을 잡혀 저항 하나 하지 못하고 날려진 것을 깨달았으나, 애석하게도 이미 늦었다. 후회하고 있을 때 이미 그는 하우쉔과 충돌했다.

"하우쉔, 아무래도 날 너무 우습게 본 모양이야."

저승사자를 연상시키는 음산한 목소리에 하우쉔은 몸을 파르르 떨었다.

공포로 얼룩진 그의 눈동자에는 주머니에 손을 찔러 넣고 느긋하게 걸어오는 남자의 모습이 비춰졌다.

"네가 신사적으로 날 대해 줬으면, 나도 네가 하는 일을 건들지 않고 그냥 얌전하게 거래만 했을 거야."

하우쉔이 저지른 비리는 확실히 욕을 먹어도 싸다. 하지만 그렇다고 자신이 직접 나서서 그걸 척결하는 등의 행위를 할 생각은 없었다.

어차피 하우쉔은 남, 그것도 외국의 인간이다. 그가 중국에서 자신이 운영하는 세이렌의 소속 연예인만 건들지 않는다면 그가 어떤 여자랑 불륜을 하건 상관하지 않는다.

알다시피, 정지우라는 인간은 결코 성인군자가 아니다.

예전에 방송화류협회의 일을 처리한 것도, 윤소정의 부탁도 있지만 직접적인 원인이 된 건 자신이 하는 사업에 해가 되기 때문이었다.

만약 그게 아니었다면 군이 척결하거나 할 생각은 없었을 것이다.

"아무래도 넌 상황파악을 잘 못 하는 모양이니, 내가 특별히 친절하게 설명해 줄게."

지우는 머리를 슬쩍 내려 바닥에 털썩 주저앉아 공포에 질린 하우쉔에게 이야기를 계속했다.

"솔직히 말해서, 난 특별히 네가 도와주지 않아도 상관없어. 이건 허세가 아니라, 정말이야. 왜냐하면 너를 대신할 비슷한 부류의 놈들을 알고 있거든."

자오웨가 넘긴 자료에는 하우쉔 외에도 몇몇 방송계에 영향력을 끼칠만한 인물에 대해 기록되어 있다.

하우쉔을 선택한 건, 그가 CCB의 음악 채널 책임자여서 일 처리하는 데 좀 더 편하고 빠를 것 같아서다.

즉, 군이 꼭 하우쉔일 필요는 없다는 의미다.

"그러니 난 너에게 다시 한 번 기회를 줄 거야. 그걸 선택하는 건 네 맘이야. 널 폭력적으로 가해를 주거나, 협박은 하지 않을 거야. 그건 너무 피곤한 일이니까. 그냥 이걸 중국 언론에 배포할 뿐이야."

'혀, 협박은 하지 않는다고? 지금 하는 게 협박이잖아!'

하우쉔은 이 한국인의 행동에 황당함을 느꼈지만, 뭐라

반박할 수는 없었다. 그가 보통 인물이 아니라는 걸 깨닫고, 어떻게 대할지 잠시 혼란이 찾아왔기 때문이다.

"나도 시간이 그렇게 많은 건 아니라서, 싫다면 어쩔 수 없지."

그는 볼일 다 봤다는 듯, 하우쉔을 등 뒤로하고 탁자에 올려 둔 USB를 회수하기 위해서 걸음을 옮겼다.

이에 하우쉔이 초조한 목소리로 급히 그를 막았다.

"자, 잠깐! 기다려! 자네 일을 도와주면 정말로 나에 대한 자료 모두를 양도해 주고 비밀로 해 줄 텐가?"

"아까 그렇게 해 주겠다고 말했잖아. 아무리 마음이 바다보다 넓은 나라도 이렇게 의심을 받으니 기분이 나쁘네. 넌 이미 신뢰를 잃었어. 스스로 기회를 뻥 찬 거라고."

지우는 짜증이 묻어나는 얼굴로 USB를 주머니 안에 찔러 넣고, 탁자와 바닥에 널브러진 서류를 대충 정리했다.

그러곤 다시 몸을 돌려 출입구 쪽으로 성큼성큼 걸어갔고, 그의 발걸음에는 미련 같은 것은 손톱만큼도 묻어나지 않고 시원시원했다.

"네가 곧 뉴스에 나올 테니, 나는 집에 가서 커피 한 잔 마시면서 느긋하게 구경해야겠어. 듣자 하니 중국은 이런 범죄에 무척 엄하다며? 뭐만 하면 사형한다고 하던데. 명복을 빌어줄게."

"자, 잠깐! 잠깐만 기다리게!"

불과 몇 분 전과의 태도와는 완전히 반대였다. 그를 대하는 말투조차도 정중하게 바뀌었다.

하우쉔은 급히 바닥을 기어가, 문 바깥으로 나가려면 지우의 바짓가랑이를 붙잡고 애원했다.

"자네를 믿어주지 못해서 미안하네. 내가 어리석었어! 그러니 다시 한 번 기회를 주게나!"

상황이 급변했다.

하우쉔의 안색은 이미 시체마냥 창백해졌다.

확실히 중국의 경우 중형 범죄는 처벌이 엄벌하긴 하지만, 하우쉔 같은 경우 정치계에 인맥도 있고 자산도 많으니 사형을 당하지는 않을 것이다.

하지만, 그가 진정 걱정하는 건 지금까지 평생 동안 쌓아온 커리어가 모두 무너질 것 같아서다.

게다가 지우는 자신의 일만 도와준다고 하면, 자신이 중국에서 뭘 하건 간에 비밀을 지켜 주고 신경 쓰지 않아준다고 했다. 그렇다면 꽤 나쁘지 않은 조건이다.

만약 이게 적대되는 다른 사람이나, 혹은 자신의 노리는 자들에게 넘어간다면 하우쉔 자신은 결코 더 이상 재기할 수가 없다. 큰 사건으로 부풀리면, 그에게 뇌물을 받은 이들도 난색을 표하며 관계를 끊으려고 할 것이다.

"기회? 기회는 이미 두 번이나 줬어. 난 마음이 넓지만 두 번이나 공짜로 줬는데 더 이상 주는 건 무리잖아."

지우는 냉정하게 다리를 끌어 하우쉔을 내팽개쳤다.

"지, 진정하게! 내 공짜로 기회를 달라는 게 아닐세. 자네 부탁뿐만 아니라, 자네 기분을 상하게 했으니 물질적으로 보상하겠네!"

"물질적?"

그의 입가에 진한 미소가 번졌다.

"그, 그러네. 비록 몇 푼 되지 않는 돈이라서 용서해 줄지 모르겠지만…… 원한다면 내가 아는 아나운서나 모델들도 소개해 주겠네!"

"여자 쪽에는 관심 없으니까 됐어. 다만, 그 몇 푼 되지 않는 돈이 얼마야?"

돈으로 보상해 준다는 말에 냉큼 관심을 보이는 정지우였다.

'휴우!'

다행히도 최악의 사태를 막을 수 있었는지, 하우쉔은 속으로 안도의 한숨을 내쉬고 비굴하게 웃었다.

"배, 백만 위안. 백만 위안은 어떤가?"

한화로 치자면 약 1억 8천만 원이다.

"어휴, 돈도 많으신 분이 너무 날로 먹으시려고 하시네. 570억 원이나 먹으신 분께서……."

여태껏 어떠한 감정도 보이지 않고 무덤덤했던 그가 처음으로 섭섭하다는 표현을 전했다.

그러자 하우쉔은 땀을 뻘뻘 흘리며 헤헤 하고 웃으며 황급히 말을 덧붙였다.

"다, 당연히 백만 위안의 두 배라네. 아, 참고로 주식이 아니라 모두 현금일세. 어떤가?"

"음, 나쁘지 않네. 거래할 줄 아는 사람이구만?"

현금으로 3억 6천만 원이면 상당히 끌리는 금액이다.

하우쉔도 저 많은 뇌물을 단번에 번 것이 아니라, 오랫동안 현찰과 주식 등 다양한 루트로 받았으니 그걸 모두 가지고 있지는 않을 터. 그러니 이 정도로 넘어가기로 했다.

게다가 현금뿐만 아니라, 중국에서 도움도 받아야하니 이 정도가 딱 적당했다.

"앞으로 잘 부탁한다, 하우쉔."

하우쉔은 악마를 만났다.

　　　　*　　　*　　　*

　"이쪽을 세이렌의 경영을 맡고 있는 박영만 CEO입니다."

　"안녕하십니까, 박영만입니다. 대표님에게 이야기는 들었습니다. 하우쉔 PD님. 잘 부탁드립니다."

　"음, 잘 부탁하오. 하우쉔이라 하오."

　박영만과 하우쉔이 서로 악수하며 인사를 건넸고, 지우가 곁에서 임시로 통역을 해 주었다.

　하우쉔은 당분간 한국에 머물다가, 박영만과 함께 회의를 끝내고 함께 중국으로 가기로 했다.

　윤소정뿐만 아니라 세이렌의 다른 소속 연예인이 중국에 진출할 수 있도록 돕는 것 때문이었다.

　'하우쉔의 사과의 뜻도 잘 받았고, 협력 관계도 잘 되고 있어. 박영만 씨도 좋아하고, 중국 진출에 대비한 통역사도 고용했으니 당분간 문제없겠군.'

　자신이 할 일은 중요하지만 많지는 않다. 하우쉔을 적절히 협박해서, 박영만과 연결만 시켜 주면 된다.

　박영만은 예전에 말했다시피 유능한 남자다.

　연예계 사업 관련으로 일을 잘하다 보니, 사전에 하우쉔에 대해서 중국 진출에 대한 걸 대충 말하니 그는 좋은 기회라며 좋아하였다. 이후 업무는 맡겨만 준다면 좋은 결과를 내겠다고 자신만만했다.

지우는 원래부터 박영만에게 다른 일을 모두 일임하려는 생각이었기 때문에, 박영만에게 잘 부탁한다고 하며 중국 진출에 대한 전권을 모두 건넸다.

그야말로 유능한 수하를 둔 무능한 상사!

이런 상사를 두면 아랫사람들만 줄창 고생할 뿐이다.

적어도 다행인 것은, 적어도 그 일의 성과를 빼앗지 않는다는 것이다. 그 덕분에 연예계에서 박영만의 경영자로서의 대한 위치와 명성, 실력이 올라가고 있었다.

"지우 씨는 보면 볼수록 의외의 사람인 것 같아요."

박영만과 하우쉔의 대화를 구경하며, 윤소정이 두 눈을 껌뻑이며 지우를 옆에서 쳐다봤다.

세이렌 연예인 모두가 하우쉔의 눈에 띄면 중국 진출을 하기로 했지만, 일단 메인은 윤소정인지라 이 자리에 불려 나왔다.

당연히 지우가 하우쉔과 중국인과 비교해도 부족하지 않을 정도로 능숙한 중국어로 말하는 것도 보았다.

첫 만남 때의 그는 그저 길거리에서 커피를 파는 노점 상인에 불과했다. 하지만, 지금은 대한민국 연예계에서도 상당히 유명세를 떨치고 있는 세이렌의 대표 이사와 동시에 요식업으로 대박을 친 기업가이기도 했다.

그 외에도 양로원을 통해서 선행을 하는 등의 명성도 따르며 웬만한 연예인보다 유명해져 있다.

"여전히 돌려서 절 비난하는 건 여전하군요! 당신 같은 사람을 은혜도 모르는 쌍……."

"혹시 다른 언어도 할 줄 아세요?"

"할 줄은 모르지만, 마음만 먹으면 지구상 모든 언어를 할 수 있습니다."

"후후후, 여전히 농담도 잘하시네요."

앱스토어의 실상을 모르니 윤소정은 그가 평소처럼 농담을 하는 것이라 생각했다.

"아뇨, 진짜인데요."

"보아하니 이야기가 좀 길어질 것 같은데……지우 씨, 괜찮으면 우리 좀 걸을까요?"

윤소정은 지우를 데리고 어디론가 향했다.

그 장소는 익숙한 청계천 거리. 과거, 개조된 트럭과 함께 장사를 하며 윤소정과 만남을 가졌던 곳이었다.

"여긴……."

"익숙한 곳이죠? 저와 당신이 만났던, 그리고 제가 다시 태어난 장소이기도 해요."

윤소정은 생긋 하고 웃었다.

"그나저나, 이렇게 중국 진출을 하다니…… 새삼 꿈이라도 꾸고 있는 건 아닌가해요."

윤소정은 두 눈으로 직접 중국 진출 계약 건을 확인했는데도 꿈만 같은 기분이었다.

그녀는 얼마 전만 해도 가수는커녕 앨범 하나 제내로 못 내는 아마추어. 그것도 십 년 경력에 남의 뒤에서 춤을 추는 백댄서로 겨우 나가는 연습생에 불과했다.

하지만, 모든 걸 포기하는 날 이 장소에서 한 남자를 만나며 그녀의 인생은 송두리째 바뀌었다.

"이제는 변장이 없다면 바깥에 제대로 나가지도 못해요. 일이 너무 많아서 수면 시간도 제대로 없을 정도죠."

윤소정은 선글라스를 쓰고, 야구 모자를 깊이 눌러쓴 모습을 보여 주며 옅게 웃었다.

"흠흠. 저, 혹시 고용노동부에 신고할 생각은 아니겠죠? 그리고 계약서 보면 저와 소정 씨 계약은 결코 노예 계약이 아닌……."

지우가 찔끔한 얼굴로 급하게 변명을 꺼냈다.

윤소정을 스타로 만든 뒤, 그녀에게 투자한 것을 충분히 뽑아냈는데도 영혼까지 뽑아 먹겠다는 의지!

가끔씩 박영만이 찾아와서 '윤소정 씨, 열심히 일 하시긴 하는데 좀 휴식해야 되지 않습니까?' 라고 말할 정도였다.

노동자를 노예처럼 과하게 부려먹는 쓰레기 그 자체!

"지우씨, 정말, 정말로 감사드려요."

윤소정이 부드럽게 웃으면서 공손하게 인사했다.

"네? 감사요?"

혹시 윤소정이 고소라도 하는 건 아닐까, 하고 초조했던 지우는 그녀의 뜬금없는 인사에 당황했다.

"제게 가수는 어릴 적부터 꿈꿔왔던 꿈이었어요. 제 삶이자 영혼, 그리고 제 가족 모두 이루고 싶은 꿈이었죠."

아직도 잊혀지지 않는다.

데뷔했을 당일, 제일 먼저 부모님에게 찾아가서 가수가 됐다고 말했다. 꿈을 이뤘다고 했다.

그날, 윤소정은 부모님을 끌어안고 펑펑 울었다. 부모님 역시 감격스러워하며 칭찬하면서 눈물을 흘렸다.

이후에 스타가 된 윤소정은 어릴 적부터 믿고 도와주신 부모님에게 효도를 하기 위해서 집을 사 드리고 여행을 보내주었다.

"당신이 아니었다면, 그리고 님프 선생님이 아니었다면 저는 아직까지도 아무것도 아니었을 거예요."

님프의 제자가 되고, 대한민국에서 누구나 아는 슈퍼스타가 되었으며, 해외에서도 팬들을 상당량 보유한 윤소정은 아직까지도 그녀를 마음 깊이 존경하고 있었다.

실제로 그 존경심에 따라, 수면 시간도 부족한 윤소정은 스케줄을 줄여가며 가끔씩 로드 키페 본점에 들려 님프에게 인사를 하고 제자로서 소정의 선물을 주곤 했다.

훗날, 윤소정의 자서전에서는 스스로 이름을 밝히는 걸 싫어하긴 하나 '그 사람이 없으면 나 역시 없었을 것이다.'라며 님프에 대해 간접적으로 기록되기도 한다.

"아니, 아무것도 아닌 정도가 아니죠. 어쩌면 저는 이 세상 사람이 아니었을지도 몰라요."

윤소정은 슬픔을 머금은 미소를 쓰게 흘리며 말했다.

참고로, 그녀의 말은 결코 비유가 아니었다.

윤소정이란 인간에게 있어 가수이자 꿈은 영혼과 육체를 구성하는 모든 물질이다.

그날, 소속사에서 더 이상 가수로서 재능이 없다고 버림받은 그녀는 사형 선고를 받은 것과 다름없었다.

꿈을 끈질기게 좇다가, 수없이 도전하다가 실패하고 좌절을 맛 본 인간의 마음은 생각보다 더 처참하다.

만약 지우를 만나지 않았더라면, 윤소정은 세상과 단절하여 틀어박히거나 혹은 더 이상 정신을 유지하지 못하고 스스로 목숨을 끊었을지도 모르는 일이다.

"당신은, 저에게 있어 구세주나 마찬가지예요."

"음, 손발이 오그라지는 걸 보니 당신이 생각보다 낯간지런 사람을 알게 됐습니다."

"저도 부끄럽지만 결코 농담이 아니에요. 이건 정말이에요. 지우 씨, 절 구해 주셔서 고마워요. 당신은 은인이에요."

윤소정에게 있어 님프는 지금의 자신이 있을 수 있도록, 모든 걸 가르쳐 준 은사님이다.

그리고 눈앞의 남자는 그 은사를 소개시켜 주고, 자신을 신뢰해 준 은인이었다.

"그러니까, 혹시 언제든지 도움이 필요하다면 말씀하세요. 어떤 일이든, 언제라도 도와 드릴게요. 굳이 당신이 절 투자해 줬다고, 광고를 우선적으로 해 달라고 요청하지 않으셔도 돼요."

윤소정은 부드럽게 웃으면서 옆에 살짝 거리를 벌린 지

우에게 다가가 앉았다.

그녀가 아직 데뷔하기 전, 알다시피 지우는 그녀에게 투자를 해 주는 대신 이후 가수가 되면 자신이 사업 관련으로 도움을 달라고 하면 우선적으로 해 달라고 하였다.

이 항목에는 당연히 계약서에도 명시되어 있고, 윤소정도 이를 딱히 불만스러워 하지 않았다.

그녀는 진심으로 지우에게 항상 고마움을 느꼈으며, 도움을 줄 것이라 생각했다.

"가, 갑자기 어색하게 왜 그러세요?"

눈앞에서 사람이 죽어도 눈 하나 깜짝 하지 않던 그가 윤소정의 태도에 당혹스러운 모습을 보였다.

남의 적의에는 어떤 경우에도 잘 동요하지 않는 편이다. 그저 정신을 똑바로 차리고 침착하게 대응한다.

하지만, 이렇게 자신에게 호의를 지니고 다가오면 그도 그 사람에게 막 대하지 못한다. 약점이라면 약점이다.

"자, 빨리요. 혹시 무슨 고민이라도 있다면 저에게 한 번 상담해 보세요."

항상 돈에만 눈이 먼 지우의 신선한 태도에 재미를 느꼈는지, 윤소정이 쿡쿡 웃으면서 은근슬쩍 그의 소매를 잡아당기며 장난스레 말했다.

만약 근처에 기자들이 있었다면 스캔들이라며 환장하여 달려들었을 장면이다.

　　"끄응, 글쎄. 그런 거 없다니까요."

　　"생각해 보니, 첫 만남 때 여기에서 당신에게 제 꿈에 대해서, 그리고 고민을 모두 털어 놓았죠. 괜찮다면 지우 씨도 꿈에 대해서 저한테 말씀해 주세요."

　　윤소정은 혼자서 모든 걸 끌어안고 있는 것이 얼마나 힘든지 잘 알고 있다. 그리고 개인 사정 때문에 그걸 말할 수 없게 된다면, 외로움을 느끼고 정신적 스트레스도 심하다는 걸 똑똑히 경험한 적이 있었다.

　　그래서일까, 윤소정은 지우가 앱스토어에 대한 사정을 숨기고 있으며 오롯이 혼자서 모든 걸 해 온 것을 마음 한구석에서 무의식적으로 느끼고 있을지도 모른다.

　　"꿈……이요?"

　　꿈.

　　뇌리에 누군가가 스쳐 지나간다.

　　　"꿈을 가지고 있지 않는 사람만큼 가엾은 사람은
　　　또 없는데……."

김효준은 죽기 직전까지 꿈에 대해서 소망하고 죽었다.

당시 그를 봤을 때, 자연스레 윤소정을 떠올렸다. 마찬가지로 윤소정을 보니 김효준이 떠올랐다.

두 사람은 꿈을 위해 달리고 절망하는 등의 인생이 서로 굉장히 닮았다.

특히 가수로서 성공하지 못하고, 둘 다 미모가 뛰어난 편인지라 성접대 제안까지 온 것 역시 그렇다.

이렇게까지 비슷한 삶을 살 수 있을까 고민할 정도다.

'……김효준도 환경이 좀 달랐다면 구원받았을까?'

다만, 윤소정과 김효준은 닮으면서도 달랐다.

첫 번째는 환경이다.

윤소정은 어릴 적부터 자신을 응원해 주고 금전적으로도 도와주는 착한 부모가 있었다.

그에 반면 김효준의 부모는 상태가 좀 나빴다. 서로 맞지 않아 이혼했고, 친아들을 버린 채 각자의 살림을 꾸렸다.

심지어 돈이 필요해 찾아온 김효준을 보고 다시 찾아오지 말라며 축객령을 내렸다.

두 번째는 바로 성접대였다.

윤소정은 아무리 힘이 들고, 좌절해도 성접대는 받지 않고 거절했다. 꿋꿋이 노력과 도전을 하며 버텨왔다. 결코,

그런 잘못된 방법으로 꿈을 이루고 싶어 하지 않았다.

'하지만, 김효준은 그녀와 다른 선택을 했어. 꿈만 이루면 어떤 방법이던 상관없었지. 자존심과 자신의 몸을 버리면서까지……그게 그렇게까지 중요했던 걸까?'

만약 자신이 그런 상황이었다면, 윤소정도 김효준도 아닌 제3의 선택을 했었을 것이다.

바로 포기다.

그에게 있어 꿈이란 건 의미도 없고, 덧없다.

김효준이 죽기 전, 그에게 말했던 것처럼 부유하지 못하면 모든 것이 의미 없고 사치스럽다고 생각했다.

가난한데도 포기하지 않고 꿈을 위해 달려온 두 사람을 진정으로 이해하지 못한다.

차라리 노래를 부를 시간에 좀 더 현실적으로, 회사를 취업할 수 있는 선택을 했을 텐데.

"결코 비웃지 않을 테니까 말씀해 보세요. 저도 제 꿈에 대해 말하면, 실현되지 않는 꿈으로 쓸데없는 노력을 한다고 비웃음을 받은 적이 있어요."

윤소정이 손을 슬금슬금 뻗어 그의 손등을 감싸 안았다.

"꿈을 계속 간직하고 있으면 반드시 실현할 때가 와요."

"괴테?"

"제가 제일 좋아하는 말 중 하나예요. 아시네요?"

"이래 봬도 국문과라."

윤소정은 웃었다.

그녀는, 스스로 꿈을 이룬 것에 무척 행복해하고 있었다.

"설마 꿈을 실현하지 못해서 그런가요? 걱정 마세요. 어떤 꿈이건 한 번도 실현되지 않았다고 해서 가엾게 생각해서는 안 돼요. 정말 가엾은 것은……."

그다음 이어지는 말은 비슷하면서도 달랐다.

"한 번도 꿈을 꿔보지 않았던 사람들이다."

"꿈을 가지고 있지 않는 사람."

서로 다른 두 남녀의 목소리가 동시에 울렸다.

"어라, 비슷하지만 제가 잘못 알고 있었나 봐요. 데뷔 전까지 항상 입에 달고 살던 에센바흐의 명언이 사실 달랐다니……."

윤소정이 살짝 부끄러운 듯, 뺨을 붉혔다.

참고로 에센바흐는 아르토우스 왕과 성배(聖杯)전설을 취급한 파르치발(Parzival)로서, 옛 독일의 유명 시인이다.

윤소정은 에센바흐이 남긴 이 명언을 특히 좋아해서, 힘들 시절 이걸 머릿속으로 떠올리며 노력해 오기도 했다.

"아니요, 아마 소정 씨가 말한 게 맞을 겁니다. 그걸 말해 준 사람이 당시에 잠이 덜 깼었거든요."

"그 말을 모토로 삼는 사람이 저 말고 또 있을 줄은 몰랐는데, 반갑네요. 어떤 사람이었는데요?"

자신에게 닮은 사람에게 동질감을 느낀 윤소정이 호기심을 보였다. 확실히, 이 두 사람은 서로 닮아 있었다.

"소정 씨와 닮은 사람이었어요."

지우는 얼굴을 보이지 않고 자리에서 일어나 앞으로 걸어갔다.

그 뒷모습을 살펴보며 윤소정이 묻는다.

"그럼 다음에 소개시켜 주세요. 그 사람에게 당신이 제 꿈을 이뤄줬다고 자랑하고 싶어요."

"네, 그럴게요. 그녀석도 노래 부르는 걸 좋아하니 소정 씨와 잘 맞을 겁니다."

"앗, 그런 뜻이 아니라 동료로서 소개시켜 주세요. 그……아직, 연애는……."

윤소정이 무언가 실수를 한 표정으로 조용한 목소리로 말했다. 그녀의 표정에선 어떠한 감정이 드러나고 있었다.

그녀는 얼른 화제를 바꾸기 위해서, 자리에서 급히 일어나 앞으로 걸어가던 지우에게 물었다.

"그보다, 지우 씨의 꿈은 뭔가요? 말씀해 주세요."

"글쎄요……사업 번창해서 돈을 버는 거?"

"후후후. 그게 뭐예요. 그런 건 꿈이 아니잖아요? 하여간, 지우 씨는 농담도 잘 하시네요."

윤소정이 재미있다는 듯이 쿡쿡 하고 웃었다.

"이런 게 데자뷰인가……."

지우가 나지막이 중얼거렸다.

제5장

부모님에 대한 사랑과 존경심

　과거에 김효준과의 대화를 떠올리며, 윤소정과의 만남을 통해 그는 약간의 반성을 했다. 다름 아닌 가족들 때문이다.

　'그러고 보니 앱스토어의 고객이다, 사업이다 보니 요즈음 가족들에게 너무 무심했나.'

　자신이 살아가는 이유 중 하나는, 당연히 가족이다.

　가족이 있기에 지금의 자신이 있을 수 있다.

　헌데 그 중요한 걸 바쁘다는 이유만으로 약간이나마 등한시를 했으니 죄책감이 치솟았다.

물론 집 한 채 사드리긴 했으나, 왠지 그것만으로는 부족하게 느껴지는 지우였다.

"아버지, 혹시 회사 그만두시고 사업하실 생각 없으세요?"

지우는 실로 오랜만에 은평구에 위치한 집에 방문하여 가족들과 함께 단란한 저녁 식사를 한 뒤에 말을 꺼냈다.

"음?"

신문을 읽고 계시던 아버지가 그게 무슨 소리냐는 듯 두 눈을 껌뻑였다. 부엌에 있던 어머니도 귀를 움직이며 관심을 보였다.

"그게…… 알다시피 제가 요즘 돈 좀 벌어서 부자가 됐어요. 그래서 아버지가 자영업을 할 수 있도록 좀 도와드리려 하는데……."

지우는 아버지가 자존심이 상하지 않도록 눈치를 힐끗힐끗 보면서 조심스레 말꼬리를 흐렸다.

그러자 아버지는 흠, 하고 침음을 흘리더니 읽고 있던 신문을 내려두고 인자하게 웃었다.

"지우야, 예전에도 말했지만 그건 나도 네 엄마도 아니라 네가 열심히 번 돈이다. 네가 구해 준 아파트나, 간간이 보내오는 생활비만 해도 이미 충분해. 그 이상 우리에게 뭘 해 줄 필요는 없단다."

"끄응."

역시나라는 생각이 제일 먼저 들었다. 아버지는 자식의 돈, 특히 자신이 번 돈은 대부분 받지 않으려고 한다.

자존심 때문은 결코 아니다. 아버지는 진심으로 자식의 돈을 받고 싶지 않아한다. 차라리 자기 자신에게 투자하거나, 혹은 하고 싶어 하는 것에 쓰기를 원한다.

'어휴, 하여튼 간에 우리 가족들은 너무 착한 게 문제야.'

아버지도, 어머니도, 여동생인 지하도 '조금 이기적이면 괜찮을 텐데!' 라고 생각하게 된다. 그만큼 부드럽고 상냥한 마음씨를 지니고 있었다.

"아버지, 저 진짜 부자예요. 억대 연봉이 아니라, 몇 십억 대 연봉이에요. 그것도 순익입니다. 아버지 사업하는데 돕는 거 크게 부담되는 것도 아니고요."

"콜록! 콜록! 뭐, 뭐? 얼마?"

부엌에 있던 어머니가 기침을 토해 내며 경악했다. 그녀는 황급히 손에 묻은 물기를 털어 내곤 거실로 날아오듯이 달려왔다.

"허, 그게 정말이냐?"

아버지도 어머니만큼은 아니지만 상당히 놀란 얼굴로 재차 물었다.

"예. 정말입니다. 커피랑 햄버거 사업, 그리고 연예계 사업으로 정말 많은 돈이 들어오고 있어요. 그러니까 다시 한 번 생각해 주세요."

지우는 단 한 치도 물러나지 않겠다는 듯, 각오로 가득 찬 두 눈으로 말했다.

"흐응."

아버지가 턱을 매만지면서 생각에 빠졌다.

"여보, 그러지 말고 아들 호의는 받아들여요. 어차피 정년퇴직 생각하면, 차라리 하루라도 빨리 자영업 시작하는 게 좋다니까요?"

어머니는 지우의 의견에 적극 찬성하는 모습을 보였다.

"그럼 우리 데이트도 언제든지 할 수 있고, 여행도 마음대로 갈 수 있어요. 네?"

참고로 자신의 부모님들은 아직까지도 금술이 무척 좋은 편이었다. 특히 어머니의 경우는 가정 사정이 좀 나아진 이후, 툭하면 아버지를 붙들고 데이트를 하러 나갔다.

원래 어머니는 평일, 주말에도 가계에 도움이 되기 위해서 아르바이트를 하고 있었기 때문에 예전에는 아버지와 신혼 이후 데이트를 잘 즐기지 못했다.

"여보~"

"흐음."

어머니가 옆에서 살짝 애교를 떨었고, 아버지는 여전히 깊은 생각에 빠진 듯했다.

옆에서 과일을 우물우물 입에 넣고 있던 지하도 흥미가 있는지 부모님을 살폈다.

'마음 같아선 우리 회사에 좋은 자리라도 내주고 싶지만…… 아버지라면 결코 들어가지 않겠지.'

아버지는 학연, 혈연 등 인맥을 통하여 능력도 없는데 높은 자리에 오르는 낙하산을 좋아하지 않는 편이다.

예전에 들어 보니 한때 회사에 그런 부류의 인간이 들어왔다가 회사에 큰 손실을 얹은 적이 있다고 하셨다.

그래도 한편으로는 아쉬웠다. 아버지는 중소기업에 다니고 계시기 때문에, 이왕이면 명실공이 대기업인 자신의 회사에 다니게 하면서 쉬시라고 하고 싶었다.

'……아니, 생각해 보면 차라리 잘됐어. 내 회사로 들어오셔서 나와 여러 가지 일에 관련되면 아무래도 위험하고 성가시게 되니까. 차라리 자본을 쥐어드리는 편이 좋아.'

기적의 앱스토어를 이용하게 되면서, 그는 웬만하면 가족들을 연관시키지 않도록 다짐했다.

이 세계가 얼마나 위험한지 알고 있기 때문이다.

게다가 신경 쓰이는 건 혹시라도 업무 관련으로 중국 측에 있는 자오웨나 하우쉔과 접전이 있을지도 모른다.

만약 그 더럽고, 어두컴컴한 관계를 들켜서 모종의 거래가 있었다는 걸 아주 혹시라도 알려진다면 아버지를 차마 어떻게 봐야 할지 두려웠다.

가족들을 결코 업무 영역으로 데려오고 싶지 않은 지우였다.

'애초에 가족과의 평화는 내 마음의 치유를 할 수 있는 유일한 세계라고. 힘들고 지치는 영역과 합칠 필요가 없지.'

퇴근과 휴식, 그리고 일상의 상징인 집에 들어가서 업무 이야기를 하면 그보다 끔찍한 일이 또 어디 있을까!

상상조차 하고 싶지 않았다.

"꽤나 구미가 당기는 일이구나."

"그렇죠? 그럼…….."

"하지만 역시 그럴 필요는 없다고 생각한단다."

아버지가 머리를 좌우로 절레절레 흔들었다.

"아버지……."

"하하, 너무 그런 표정은 짓지 말거라. 저번처럼 너에게 빚을 지고 싶어서 그런 게 아니니까 말이다."

아버지가 부드럽게 웃었다.

"그럼요?"

"비록 내가 다니는 회사가 보잘것없는 중소기업이고, 과장인데도 부하 직원이 10명 남짓도 되지 않지만 그래도 20여 년 가까이 다니던 곳이야. 또 다른 집이기도 한 곳을 그리 쉽게 그만둘 수 없지 않느냐."

아버지는 자신의 생각보다 다니는 회사에 대해 애착이 있는 모양이었다. 그가 알기로, 아버지는 공업 계열 중소기업의 영업부의 제1과장을 맡고 있다.

"확실히 너에 비하면 하는 일에 비해 연봉이 적긴 하지만, 돈은 다가 아니잖니? 난 내가 다니는 회사가 좋아서 다니는 거니 걱정하지 말려무나."

"아버지……."

"그런 표정 짓지 말거라. 네 어머니가 교통사고로 입원했을 때 기억하니?"

아들은 머리를 위아래로 천천히 흔들었다.

예전 기억이 떠올린 듯, 그 표정이 좋지 못했다.

잊고 싶지만, 잊을 수 없는 기억이다.

정지우라는 인간이 부자라는 목표를 갖게 된 결정적인 사건이 바로 어머니의 교통사고였다.

그때의 공포와, 슬픔은 잊으려야 잊을 수 없는 일이었다.

"당시 회사에서 전화를 받았을 때, 부하 직원들은 물론이고 사장님까지 다들 자기들이 책임지겠다며 다녀오라고 했단다."

아버지는 그때가 아직도 생생하게 기억난다는 듯이 회상 어린 표정을 지었다.

"난 그때 프로젝트를 맡고 있었고, 그날은 자사에서 오랫동안 준비한 제품을 팔기 위해 타사와의 미팅이 있던 날이었단다. 그날 사장님께선 자존심도 팔아가며 타사의 임원들에게 온갖 아부를 하고, 달래면서 시간을 벌어줬지."

이건 지우도 몰랐던 사실이었다.

그때는 워낙 어머니 때문에 경황이 없어서, 아버지의 사정에 대해서 알지 못했다. 그저 프로젝트가 잘 성사됐다는 소식만 듣고 안심한 기억밖에 없었다.

"너도 이제 기업가이니 알 테지만, 아무리 사정이 그렇다하여도 사회는 그리 녹록하지는 않지. 어쩌면 회사에 기회뿐만 아니라 금전적으로 손실이 있을지도 모르는 일이었어. 그런데도 사장님과 우리 회사 사람들은 자존심까지 팔아가며 날 도와줬단다."

영업에서 제일 중요한 것 중 하나는, 당연 신뢰라 할 수 있다. 만약 약속을 지키지 못한다면 아무리 피치 못한 사정이 있었다라고 하여도 신뢰를 잃게 된다.

그런데 그걸 각오하고 아버지에게 병원에 다녀오라고 했으니, 확실히 아버지의 회사가 특별해 보였다.

'아니, 그건 아버지가 오랫동안 회사에 다니면서 쌓아 온 신뢰이기도 해요. 역시 아버지는 대단해요.'

아무리 회사가 좋다 하여도, 아버지가 20여 년 동안 다니면서 쌓아 온 실적과 좋은 인성이 없었더라면 불가능한 일이다. 지우는 다시 한 번 마음속 깊이 아버지를 존경하게 됐다.

"어휴, 하여간 이 인간을 어떻게 말려."

방금 전까지도 지우를 적극적으로 밀어주던 어머니도 눈시울을 붉히며 어쩔 수 없다는 듯이 한숨을 내쉬었다.

상당히 아쉬워하는 얼굴이었으나, 그래도 한편으로는 이런 남편을 둔 아내로서 자부심 가득한 미소가 번져 있었다.

"얘, 지우야. 글렀다. 네 아빠가 이렇게 나오면 절대 못 말린다."

"네, 그렇죠."

지우도 훈훈한 웃음을 보이며 못 말리겠다는 표정을 지었다. 그러자 아버지도 허허, 하고 너털웃음을 흘렸다.

그런 아버지를 보고 지우가 엄한 표정을 짓고 검지를 세우고 단호한 목소리를 꺼냈다.

"단, 그럼 그 외에 아버지나 어머니에게 선물해 줄 건 그냥 넘어가 주세요. 저번에 보니까 아버지 양복이 좀 낡으셨더라고요. 이건 제발 거절해 주지 말아 주세요. 알았죠?"

"그래, 알았다."

아버지도 이건 딱히 거절할 생각이 없어 보이는 듯 흔쾌히 수긍했다. 그러자 어머니가 눈에 띄게 화사하게 웃으며 좋아했다.

"안 그래도 양복 한 벌 사드리려고 했는데, 잘 생각했다. 지우야. 그, 그리고 이 엄마 가방도 좀 낡았는데……."

어머니가 슬쩍 아들의 눈치를 보면서 가방을 사달라는 뉘앙스로 자신을 어필했다.

'이런, 난 정말 쓰레기야. 돈을 그렇게 벌었는데 가방 하나 사드리지 못하다니. 아무리 바쁘다고 해도 말이야!'

어머니가 자신의 눈치까지 보며 가방을 사달라고 하시니 왠지 모르게 인생을 헛살았다는 느낌이 들었다.

양심이란 양심은 죄다 걸레짝처럼 부서지고 자기 혐오감이 불쑥 치솟았다. 그는 앞으로 이런 일이 결코 없도록, 가족에게 좀 더 신경 쓰고 효도를 하기로 했다.

여동생인 지하에겐 나름대로 신경 써 줬지만, 부모님에
겐 이렇게 신경 써 주지 못하다니!

반성하고 또 반성하는 지우였다.

"그럼요, 양복이건 가방이건 간에 뭐든지 사드릴게요.
어떤 메이커던 별로 안 비싸니까 그냥 다 사요. 아, 그리고
최근 또 많은 돈을 벌어서 그런데 집도 한 번 더 이사해요.
이번에는 전세가 아니라 집을 살 거니까요."

"어머어머, 그게 정말이니? 역시 우리 아들이 최고라니
까! 안 그래요, 여보?"

어머니가 싱글벙글 웃으며 좋아하면서 남편에게 찰싹 붙
어서 애교를 떨었다. 아버지도 그게 싫지만은 않은지 훈훈
한 미소를 보이며 머리를 끄덕였다.

진심으로 행복해하는 두 분을 보면서 지우는 생각했다.

'돈이 다가 아니라니…… 아버지 말씀은 이해하지 못하겠
지만, 아무려면 어때. 아버지가 하고 싶은 대로 해드리자.'

＊　　　＊　　　＊

지우는 그동안 번 돈으로 가족들에게 선물을 하려 했다.
다만, 한 가지 문제가 있었는데 바로 아버지의 양복이다.

굉장히 유명한 명품 브랜드 양복을 선물하려고 해도, 정작 그에 대한 지식이 없어서 문제였다.

평생 동안 서민으로 살아오신 아버지도 그에 관해선 문외한인지라, 도움이 필요했다.

"소라 씨. 괜찮으면 저 좀 도와주실 수 있겠어요?"

그래서 도움을 요청한 사람이 한소라였다.

재벌 3세로서, 어릴 적부터 온갖 명품과 함께 살아온 한소라라면 조언을 받을 수 있지 않을까 싶었다.

— 네! 걱정 마세요! 아버님…… 그, 그러니까 지우 씨의 아버지되시는 분의 양복을 말하시는 거, 거죠?

"아, 예."

'말은 왜 이리 더듬어?'

통화 너머로 미세하게 떨리는 한소라의 목소리에 지우는 이상함을 느꼈지만 이내 개의치 않고 넘어갔다.

그녀가 어떤 심정이건 간에 그냥 빨리 도와줬으면 했으니까.

— 제가 매장 예약을 잡아둘 테니까 걱정 마세요. 오후 2시까지 매장 앞으로 와주세요. 매장 주소는…….

"예. 예."

한소라가 가르쳐 준 주소를 머릿속에 대충 구겨 넣고, 그는 전화를 끊자마자 다시 다른 사람에게 전화했다.

— 예, 대표님!

"한 기사님, 집 앞으로 와주세요."

— 알겠습니다! 당장 날아가겠습니다!

최근, 박영만 대표가 자신 쪽으로 전용 차량과 운전기사를 붙여줬다.

돈이 아깝다고 걸어 다니는 지우를 보고 박영만이 '그래도 대표신데…….' 하고, 권했다. 참고로 회사자금으로 쓰는 건데도 지우는 무척 아까워했다.

몇 분 뒤, 집 앞에 매끈하게 잘빠진 고급형 세단이 멈춰섰다. 차가 서자마자 운전기사가 얼른 내렸고, 곧바로 지우에게 달려와 공손하게 숙였다.

"안녕하십니까! 대표님의 운전기사인 한 기사라고 합니다!"

참고로 그 머리는 지우가 아니라, 그 옆에 떨떠름한 표정으로 서 있는 아버지에게로 향하고 있었다.

"바, 반갑습니다. 아니, 저한테 이러시지 않아도……."

한 기사는 딱 봐도 아버지와 나이 차이가 몇 안 되는 중년이었다. 그런 사람이 자신에게 이마가 지면에 닿도록 인사하니 아버지는 무척이나 부담스러워했다.

'흠. 한 기사님이 사회생활 좀 하셨나 보네. 보너스 좀 올려줄까?'

한편, 지우는 무척 흡족하고 있었다.

한 기사가 제일 먼저 한 인사가 자신이 아니라, 누구보다 끔찍이 여기는 가족을 우선시해 줬기 때문이다.

'성공이다! 대표님이 가족 분들을 제일 우선시하는 건 우리 회사 사람들이라면 누구나 아는 사실이지!'

한 기사가 속으로 회심의 미소를 흘렸다.

세이렌의 대표, 정지우!

비록 가끔씩 악마 같은 인간으로 악 소문이 흘리긴 하나, 그래도 자기 가족에게는 한없이 따뜻한 인간이라 한다.

그 때문인지 세이렌의 CEO인 박영만부터 시작하여 그 아래 전 직원은 지우의 가족들에 대해서 머릿속으로 기억하고 언제든지 대접할 수 있도록 준비되어 있다.

"아버지, 타시죠."

지우는 아버지가 부담감 때문에 대중교통을 이용하겠다고 할까 봐, 얼른 뒷문을 열어드렸다.

"양복 매장에 예약도 해서 얼른 타셔야 해요. 빨리요."

"끄응."

영업인이라면 자고로 남과의 약속은 특히 철저하게 지키

고 신경 쓰는 법이다. 영업의 기초 중 '신뢰'이니 말이다.

그 습성 때문인지, 아버지는 별수 없는 듯이 한숨을 내쉬곤 고급 세단 뒷자리에 탑승했다. 지우는 혹시라도 아버지의 마음이 바뀔까 봐 얼른 그 옆에 탑승하고 문을 닫았다.

"그럼 출발하겠습니다."

우웅!

한 기사도 운전석에 오르고, 액셀을 밟았다.

그리고 차가 출발하고 얼마 지나지 않아, 아버지가 차 내부를 훑어보면서 감탄어린 목소리로 말했다.

"후우. 예상을 못한 건 아니지만, 지우야. 너 정말 엄청난 부자가 됐구나."

"후후후! 장하죠?"

지우의 아버지도 아들이 사회적으로 어떤 위치에 있는지 나름대로 잘 알고 있었다.

요식업을 주류로 이루는 '로드'부터 말할 것도 없다.

로드 카페는 회사원에게 이제 빼먹을 수 없는 가게다.

이 가게에서 커피를 마시지 않고 하루를 시작하지 않으면 업무가 제대로 되지 않을 정도!

그뿐 만이랴, 야근할 때도 커피를 가져오지 않으면 '허억. 이 새끼, 무슨 정신으로 버티려고?' 하고 걱정을 받는다. 회사인들에게 로드 카페는 영혼이나 마찬가지다.

처음에는 남들 다 하는 카페 사업을 하길래, 혹시 괜히 어설프게 시작했다가 망하는 건 아닐까 걱정했었다.

하지만 아들의 사업은 생각 이상으로 대박을 쳤고, 지금은 전국 각지에서 체인점 문의가 온다고 한다.

그 외에도 연예인에 관심이 없는 지우의 아버지도 알고 있는 가희, 윤소정을 간판으로 데리고 있는 대형소속사의 대표 이사가 바로 정지우 본인이기도 하다.

"……장하구나."

아버지의 입가에 부드러운 미소가 번졌다.

아들에 대한 질투 따위는 존재하지 않는다. 아니, 애초에 자식이 부모보다 크게 성공했다면 그보다 더 좋은 기쁨과 효도는 없다.

거기에서 질투를 느끼고, 또 무언가 해 달라고 무리한 부탁을 하는 건 지우의 아버지가 혐오하는 것 중 하나다.

"이 못난 아비 아래에서……."

"에이, 또 이상한 소리 하신다."

지우가 입을 쭉 내밀고 투덜거렸다.

"가슴 아프게 그런 소리하지 마세요. 제가 돈을 얼마나 벌건, 어떤 자리에 오르건 간에 가장 존경하는 사람은 아버지예요. 아버지가 더 대단하다고요."

아버지에 대한 존경심은 결코 거짓이 아니다.

여태껏 많은 돈을 벌어왔고, 사회적 지위도 높아졌지만 항상 아버지를 생각하면 부족하다는 걸 느낀다.

"크, 크흠!"

감정 표현에 서툰 아버지는 별다른 말은 하지 않고 헛기침을 내뱉은 뒤 머리를 옆으로 살짝 돌렸다.

이런 아버지를 볼 때마다 지하는 정말 아버지를 닮았구나, 하는 생각이 절로 들었다.

"이야, 정말 부럽습니다. 대표님과 대표님 아버님처럼 사이좋고 멋진 부자(父子)는 또 없으실 겁니다."

한 기사가 백미러로 뒷자석을 힐끗 쳐다보고 말했다.

단순하게 기분 좋으라고 말한 것이 아니라, 지우와 지우의 아버지의 관계가 진심으로 부러운 듯했다.

"한 기사님 뭣 좀 아시네요. 이번 달 월급에서 보너스 두둑하게 챙겨드리겠습니다."

'십 년 동안 단련해 온 내 매끄러운 혀가 아직 녹슬지는 않았구나. 집에 가면 거울 보면서 연습 좀 해야겠군!'

*   *   *

안절부절. 안절부절.

한소라는 좌불안석 가만히 있지 못하고 양복 매장 내에서 돌아다녔다. 그녀는 전신 거울을 확인하면서 연신 화장이나 옷매무새 등을 몇 번이고 확인했다.

"저 괜찮은 것 같아요?"

"네, 아가씨. 괜찮습니다. 최고로 아름답습니다."

그녀의 물음에 곁에 서 있던 디자이너가 답했다.

다만 디자이너도 수없이 대답해서 그런지, 상당히 피곤한 기색이었다.

시간은 거슬러 올라가서 대략 한 시간 전, 한소라는 지우에게 전화를 받고 양복을 골라달라는 요청을 받았다.

여기까지는 나쁘지 않았다.

드디어 수동적인 태도를 보이던 지우가 자신에게 관심을 보이는 건 아닐까, 하고 나름대로 설레는 기분이 들었다.

헌데, 문제는 그다음 양복을 입을 사람에 대해 듣고 나서부터였다.

'지우 씨의 아버님이라니! 어쩌지, 어쩌면 좋지? 벌써부터 상견례라니…….'

착각도 이정도면 수준급!

하기야, 이런 오해를 하는 것도 아주 이상한 건 아니었다.

조부가 공인한 남편감, 거기에 몇 번 썸도 탄 남자, 그 장본인이 아버지를 소개(?)시켜 주면서 양복 좀 맞춰달라고 한다. 무언가 이상한 뜻으로 해석할 만했다.

정작 그 장본인은 정말 아무런 생각 없이 그냥 순수하게 양복 좀 맞춰달라는 생각뿐이었지만 말이다.

어쨌거나, 이 부탁을 듣자마자 한소라는 얼른 자신이 알고 있는 매장을 바로 전세를 내고 눈부신 속도로 달려왔다. 거의 날아왔다는 표현을 써야 할 정도였다.

"아가씨, 주차장에 도착하셨다고 합니다."

입구 근처에 서 있던 경호원이 연락을 받고 알려 주었다.

"앗……."

한소라가 다시 옷매무새를 다듬으면서 머리도 만지는 등의 모습을 보인다.

그리고 얼마 지나지 않아 문이 열리면서 일반 서민을 연상시키는 차림의 청년과 중년이 들어왔다.

"소라 씨, 잘 지내셨어요?"

"어서 오세요, 지우 씨. 그리고 아버님. 처음 뵙겠습니다. 한소라라고 합니다."

매장의 직원들과 디자이너, 그리고 경호원 등은 한소라

의 모습을 보고 감탄을 내뱉지 않을 수가 없었다.

방금 전까지 안절부절하지 못하고, 까칠하고 냉철한 생김새와 다르게 허둥댔던 모습은 하나도 보이지 않았다.

언제나처럼 뿔테 안경을 손으로 살짝 올리고, 손을 공손히 모여서 허리를 반듯하게 숙인다.

'역시 재벌 3세는 재벌 3세!'

'아가씨의 인사는 언제 봐도 일품이야.'

'꼭 중세 영화에 나오는 귀족과도 같은 기품이구나.'

방금 전까지 모양새는 영 그랬지만, 그래도 겨우 이정도 일로 기품을 잃을 리 없는 한소라다.

어릴 적부터 이미 조부와 부모의 손에 이끌려서 온갖 재계의 자리에 참석하면서, 그 기품과 예절은 몸에 완전히 녹아들었다. 마음만 먹으면 언제든지 보일 수 있다.

게다가 리즈 스멜트의 본사와 각 지점을 넘나들며 많은 임원들 앞에서 프레젠테이션 발표도 수도 없이 해 왔다. 이정도 일은 어려운 일도 아니라고 생각했다.

"아버님을 위해서 전 직원들이 준비하고 있습니다. 직원분들께선 실수하지 않고 최고의 대접을 해 주시기 바랍니다."

"네. 알겠습니다."

방금 전까지 청승맞게 수다를 떨고 있던 직원들이 예의 바르게 인사하며 그녀의 오더를 이행하기 위해 움직였다.

"이쪽으로……."

"예, 예."

잘생기고 아름다운 남녀로 구성된 직원들에게 집중 어린 시선을 받아서였을까, 아버지는 그 기백에 이기지 못하고 얼떨결에 그들의 안내에 따라 사라졌다.

"……."

"……."

한소라와 정지우가 서로 마주 보았다.

그리고 한소라는.

'망했네!'

의식을 해도 너무 의식해 버렸다.

자기도 모르게 업무적으로 나와 버렸다.

그저 단순하게 인사만 하고, 그대로 직원들에게 맡겨서 안내시켰다. 확실히 지우의 아버지의 양복을 맞추는 것이 중요하긴 하지만 그것만 하려고 이 자리에 온 것이 아니다.

한소라는 속으로 피눈물을 흘리며 자신의 어리석음에 한탄했다.

"전 그냥 매장만 소개시켜준 줄 알았는데, 설마 소라 씨가 직접 나올 줄은 몰랐어요."

한국인데도 외국 분위기가 나는 인테리어 디자인을 구경하며 지우가 의외라는 표정으로 말했다.

"제가 소개시켜 줬으니 적어도 나와야 할 것 같아서요."

한소라가 쓰게 웃으면서 대충 돌려 말했다.

"과연……."

난생처음으로 고급 양복 매장을 구경하는데 정신이 팔려 있는 지우는 대충 중얼거렸다.

'음, 역시 서민으로서 기가 질리는군. 숨이 다 답답할 정도야.'

게다가 이렇게까지 고급 양복 매장은 처음이었다.

천장 위에 달린 샹들리에 하며, 바닥에 깔린 푹신한 레드카펫은 발목까지 깊게 파이는 느낌은 상당히 어색했다.

"저…… 아버님하고, 닮으셨네요. 역시 아버지와 아들이시네요."

무슨 말을 해야 할지 모르는 한소라가 말했다.

"안 닮았는데요. 제 여동생이 아버지를 좀 닮았어요."

"……."

사람이 무색해지는 정색이었다.

제6장

이 정도로 눈치가 없다면
병이 아닐까?

"그나저나, 서울에 이런 멋들어진 매장이 있을 줄은 몰랐습니다. 소라 씨가 자주 이용하는 곳인가요?"

생각보다 양복 매장이 마음에 든 걸까, 지우는 여전히 주변을 둘러보면서 호기심 어린 눈으로 물었다.

마침 무슨 말을 꺼내야 할지 몰랐던 한소라는 그의 물음에 크게 반색하며 곧바로 답했다.

"아, 그건 아니에요. 매장이 이곳에 있는 건 알고 있었지만 방문하는 것은 저도 처음이에요."

"어라, 그래요? 그럼 소라 씨도 다른 사람한테 소개받은 곳입니까?"

"아니요."

"그럼……?"

지우가 의아한 눈으로 그녀를 쳐다봤다.

그 시선에 한소라는 스스로 착용한 재킷을 매만지면서 친절한 목소리로 설명했다.

"원래 제가 입고 있는 것까지 포함해서, 저희 식구는 모두 양복을 한 분에게 특별히 주문 제작을 한답니다. 다만 그 디자이너 분께선 이탈리아 밀라노(Milano)에 계셔서 여기까지 부르기에는 무리가 있거든요."

밀라노라면 이탈리아의 경제 도시!

그리고 뭐니 뭐니 해도 밀라노는 패션의 본고장으로 알려져 있으며 밀라노의 패션 사업은 세계적으로도 명성이 상당하다.

그러다 보니 굳이 이탈리아 기업이 아니더라도, 세계의 패션 기업은 대부분 이곳에 매장을 두고 있다.

또한 국제 패션 행사인 '밀라노 패션 위크'는 1년에 두 번 열리는데, 세계 패션 업계의 중요 행사다.

그뿐만이 아니라, 밀라노는 고급 가구로도 유명하며 — 산업 디자인과 건축 미학에서도 국제적인 영향을 끼치고 있다. 즉, 디자인과 패션 등에선 세계 굴지의 도시 중 하나로 꼽을 수 있다.

"원래라면 직접 데려오고 싶었지만, 사정사정해도 이번만큼은 일 때문에 바빠서 못 오시겠다고 하더라고요."

한소라가 굉장히 아쉬운 표정으로 한숨을 내쉬었다.

"그래서 어쩔 수 없이 그분께서 운영하시는 매장 중 하나로 대신 오게 됐어요. 여기에서 사이즈를 확인하시고, 몇 가지 디자인의 양복을 입어본 사진을 밀라노의 본사로 보내드리려고요. 정말 죄송해요."

한소라는 농담이 아니라, 정말로 사죄 가득한 눈으로 사과하고 있었다. 그 모습에 지우는 혀를 내두르며 감탄했다.

'이게 진정한 재벌 3세의 사고방식, 그리고 돈지랄인가!'

지우도 이번에는 힘 좀 써서 아버지에게 고급 양복을 선물해드리려고 했다. 그런데 설마하니 한소라가 이렇게까지 해 줄 줄은 상상도 하지 못했다.

세계적인 유명 디자이너를 직접 부를 생각이었다니, 만약 검소한 성격의 아버지가 이 이야기를 들었다면 기절초풍하면서 질겁했을지도 모른다.

"저, 혹시 여기 브랜드 가격이 얼마 정도 합니까?"

"그렇게까지 큰 금액이 아니라 잘 기억이 나지 않네요. 아마 700만 원에서······."

"허억!"

양복 한 벌에 뭘 해 뒀기에 그 정도 가격인가!

고급이라고 해 봤자 100만 원 정도로 생각했던 지우는 입을 떡 벌리지 않을 수가 없었다.

물론 아버지를 위해서 그 정도 돈이라면 얼마든지 쓸 수 있지만, 애초에 서민 그 자체였던 지우는 너무 놀라 눈알이 바깥으로 튀어나올 뻔했다.

이에 한소라는 그가 놀라는 모습을 보이자, 얼른 뒷말을 덧붙였다.

"가격이 좀 낮아서 놀라신 건 아닌지 걱정되네요. 그거라면 걱정 마세요. 디자이너분과 저희 회장님이 개인적인 친분도 있고 장기간 거래를 해서 좀 가격을 낮춰주는 감이 있어요. 절대 싸구려가 아니니까요!"

'미쳤군!'

확실히 미쳤다.

천만 원에 가까운 양복을 보고 싸다고 하는 경제적인 감각이라니. 게다가 심지어 더욱 놀랍고 무서운 것은 이 가격이 친분 덕분에 세일하는 가격이라는 것이다.

'앱스토어에서 팔아도 이상하지 않은 양복이로군. 혹시 양복에 방탄 성능이라도 있는 건가?'

장난치듯이 농담을 꺼낸 게 아니라, 정말로 그런 기능이 들어가 있지 않으면 도저히 납득하기 힘든 가격인지라 진지하게 생각됐다.

한편, 지우의 눈치를 보다가 그의 차림새에 자연히 눈이 갔던 한소라가 눈을 빛내며 물었다.

"아, 그러고 보니 지우 씨도 괜찮으면 양복을 한 벌 더 맞추시는 건 어떠세요?"

"저, 저요?"

"네!"

한소라는 눈을 반짝이면서 지우를 위아래로 한 번 훑어봤다.

그가 입고 있는 복장은 그레이로 색깔을 맞춘 양복이다. 브랜드를 보아하니 나름대로 이름 있는 곳이긴 하지만, 그래도 한소라가 이용하는 곳에 비해선 아쉬운 감이 있었다.

"으음."

예전이라면 미쳤냐고 질겁하면서 거절하겠지만, 최근 돈이 상당히 많아진 지우는 사업이나 투자 외에 필요한 부분인 패션에도 나름대로 신경 쓰고 있었다.

"지우 씨는 나름대로 괜찮게 생기셨으니, 분명 잘 어울리실 거예요!"

"방금 전에 굉장히 무시하는 발언을 들은 것 같은데."

"자자, 얼른!"

한소라는 신난 얼굴로 지우의 등을 억지로 밀어 피팅룸으로 데려갔다.

이후, 지우는 아버지와 함께 여러 양복을 착용하면서 어색하게 서서 사진도 찍고 사이즈도 꼼꼼하게 확인하였다.

또한, 양복뿐만 아니라 옷에 알맞은 구두도 맞추기 위해서 시간을 좀 더 보냈다.

참고로, 한소라는 지우의 양복이나 구두 등은 대부분 직원들에게 맡긴 뒤에 그의 아버지가 편안할 수 있도록 곁에서 지켜보고 도와주었다.

'지우 씨는 가족 분들을 굉장히 잘 챙겨 주시지. 그러니나도 그만큼 소중하게 대해 드려야겠어!'

한소라는 타 기업의 바이어들과 거래했던 것보다 더 긴장한 마음으로 그의 아버지를 보살펴드렸다.

중간중간에 목이 마르지 않을까, 하고 냉수부터 시작하여 홍차나 커피 등을 준비해서 가져왔고 그 외에도 배가 고플까 봐 간식거리도 가져왔다. 그 외에도 사이즈를 확인하는 동안 심심할까 봐 간간이 말도 걸었다.

만약 그녀의 아버지가 이 광경을 본다면 혀를 차면서 '딸은 키워봤자라니까!' 라면서 한탄했을 것이다.

참고로 지우의 아버지의 경우는 한소라를 더불어 직원들의 접대에 매우 어색해 했다.

평생을 남의 눈치만 보던 영업직으로 살아왔기에, 이런 대접이 익숙하지 않았기에 말이다.

만약 그가 한소라에 대한 정체를 알았다면 결코 이런 자리에 오지 않고도 충분한 일. 아니, 정체를 듣자마자 기겁하면서 사죄부터 했을 것이다. 그게 지우의 아버지니까.

"아버님, 어디 불편하신 곳은 없으세요? 에어컨 온도는 어떠세요?"

"아버님?"

"어머, 그게 아니라…… 호호호!"

양복을 맞추는 건 생각보다 제법 많은 시간이 들어갔다.

아버지나 지우도 그냥 적당히 몸에 맞고 멋진 양복을 골라서 구매할 생각이었는데, 한소라가 정말 혼심을 다해 신경 써 주면서 직원들과 상의하는 것 때문에 시간이 오래 걸렸다.

조금 과장해서 매장의 양복 모두를 착의했다고 말할 수 있을 정도였다.

"오늘은 감사했습니다."

평소 어머니와 쇼핑에도 질색하는 아버지는 피곤한 일색으로 한소라에게 인사했다.

지우도 옆에서 몇 시간 동안 끌려가며 수많은 옷을 착의하느라 피곤했는지, 게슴츠레 뜬 눈매로 인사했다.

"앗, 아니에요. 그보다 저는 지우 씨랑 동갑이니까 말은 편히 놔주세요."

그에게 인사를 받자 한소라는 굉장히 당황스러운 모습을 보였다. 지우의 아버지에게 이렇게 공손하게 인사를 받는 것이 부담스럽고 난감한 모양이었다.

"아니요, 그럴 수는 없습니다. 저희 아들 부탁도 들어주시고, 방금 전까지도 성심성의껏 저희를 도와 주셨지 않습니까."

아버지는 그동안의 사회생활을 통해 한소라가 보통의 젊은 아가씨가 아니라는 걸 눈치챘다.

그녀의 몸 곳곳에 배여 있는 예절은 결코 한나절 만에 익힐 수 있는 것이 아니다.

나이가 많다면 모를까, 젊은데도 저런 예의바르고 공손

한 몸짓과 어법을 구사할 수 있다면 어린 시절부터 교육을 철저하게 받았다는 뜻이 된다.

그 때문인지 아버지는 한소라를 결코 가볍게 대할 수 없었다.

"아, 음…… 네."

결국 한소라도 어쩔 수 없다는 듯, 울상을 지으며 포기했다. 이렇게 나오는데 끝까지 편히 대해 달라고 말하기도 왠지 상황이 이상했다.

'아버님이 벌써부터 날 어렵게 대하시면 곤란한데…….'

그리고 속으로 엉엉 울면서 한탄하는 그녀였다.

"그럼, 양복이 완성되면 제 아들에게 연락 좀 부탁드리겠습니다. 이 녀석이 양복을 가지러 갈 겁니다."

"예? 아버지, 그럴 필요가 있겠어요? 그냥 소라 씨에게 주소를 불러……."

"시끄럽다, 이놈아."

아버지는 쿵, 하고 못마땅한 눈으로 지우를 힐난했다.

그러자 가족에게는 아무 말하지 못하는 지우는 윽, 하고 침음을 흘리며 눈을 아래로 내리깔았다.

만약 지우를 악마나 괴물로 알고 있는 주변 사람들이 이의 모습을 본다면 꿈을 꾸나 싶을 것이다.

"정말 감사드려요, 아버님!"

무언가 눈치챈 한소라가 환하게 웃으면서 감사의 표현을 했다. 그러자 지우를 한심하게 쳐다보던 아버지는 다시 한소라에게 시선을 돌리고 부드럽게 웃었다.

"제 아들이라서 말하는 것이 아니라, 그래도 지우가 장하고 착한 아이입니다. 부디 앞으로도 잘 지내주시겠습니까?"

"네! 물론이에요!"

한소라는 양 뺨을 살짝 붉히며 밝은 목소리로 답했다.

"아버지, 꼭 그러니까 제가 친구도 없고 커뮤니케이션에 장애 있는 놈 같잖아요."

지우가 툴툴거렸다.

틀린 말은 아니다.

"그럼 저흰 이만 가 보겠습니다."

"조심히 들어가세요."

한소라는 직원들과 함께 주차장까지 배웅을 나와서 인사했다. 특히 그녀의 목소리는 무척이나 좋아보였다.

지우와 그의 아버지는 한소라에게 오늘 하루 고마웠다고 다시 감사 인사를 한 뒤, 차량에 올라서 매장을 떠났다.

그리고 약 5분 정도 지나자, 아버지가 왠지 모르게 이상한 모습을 보였다. 크흠, 하고 헛기침을 하며 지우의 눈치를 보기 시작한 것. 무언가 말을 꺼낼게 있다는 의미다.

한편, 비록 겁나게 값이 나가긴 했지만, 그래도 아버지에게 제대로 된 선물을 할 수 있게 된 지우는 기분 좋은 듯 웃는 얼굴로 있다가 아버지의 낌새를 느끼고 물었다.

"아버지, 왜 그러세요?"

"……괜찮은 아가씨더구나."

"예? 아, 소라 씨요? 예, 괜찮은 사람이죠."

비록 경제관념이 좀 터무니없긴 해도, 사람으로선 나쁘지 않다. 돈이 많은 집안에서 태어났다고 남을 우습게보거나 깔보는 등의 모습은 결코 보이지 않는다.

반대로 겸손한 편에 속하여 인성이 무척 좋고, 그 외에도 지혜롭고 일도 잘한다. 특히 사업적인 파트너로서 신뢰가 갈만큼 능력이 좋다.

게다가 조부이자 리즈 스멜츠의 회장인 한도공의 명령인지는 모르겠으나, 자신에게 잘해 주는 편이었다.

그러다 보니 지우 본인도 한소라에게 무척 호의적인 생각을 품고 있었다.

"진도는 어디까지 나갔느냐?"

"진도요?"

영문 모를 소리에 지우가 눈살을 찌푸렸다.

"어험! 어험! 그러니까, 그 아가씨…… 너랑 그렇고 그런 사이가 아니더냐?"

아버지가 창문에서 고개를 떨어뜨리지 않고 넌지시 물어보자, 지우는 두 눈을 부릅뜨고 경악했다.

"그런 거 아니에요! 무서운 소리 하지 마세요!"

한소라 본인이 듣는다면 충격과 공포, 그리고 상처까지 삼연타로 받을 말이었다.

"으음? 그런 게 아니라니?"

"그 아가씨는 그냥 사업상 파트너예요. 아버지도 어디 가서 그런 소리 하지 마세요. 어쩌면 저 살해당할지도 몰라요."

"살해는 무슨……."

아버지는 농담으로 받아들였지만, 지우의 생각은 결코 아니었다. 그는 진심으로 말하고 있었다.

'천하의 리즈 스멜트의 회장 손녀하고 썸이라고? 상상만 해도 끔찍하군. 아마 그 둘이 날 죽일 거야.'

한도공과 한도정의 얼굴을 떠올리며 지우는 부들부들 떨었다.

'게다가 한소라 그 아가씨는 내가 서민이라서 만나 주지도 않겠지. 만약 그런 소문이 퍼지면 내 사지를 묶고 다 내 잘못이라며, 엮인 것이 불쾌하다고 할지도 몰라. 재벌계란 무시무시하지……'

대기업의 힘을 이용해 사회에서 매장시키려는 장인어른!

돈 봉투를 건네며 그만 만나달라는 장모님!

오랜만에 오싹해진 지우였다.

*   *   *

"이사님. 여기 보고서입니다."

"오, 감사합니다."

박영만에게 받은 서류 더미에는 윤소정과 아이돌 그룹의 중국 진출 계획이 자세하게 명시되어 있었다.

지우가 세이렌 엔터테인먼트에 대표 이사로 취임하기 전부터 키워 온 박영만의 비밀 무기 중 하나였다.

"하우쉔이 제대로 일해 주던가요?"

"예, 대표님. 제가 민망할 정도로 성심성의를 다하는 모습을 보여 주더군요."

"다행이네요."

하우쉔은 인성적으로 믿을 수는 없지만, 업무적으로는

나름대로 신뢰가 가는 인물이다.

땅이 더럽게 넓기로 유명한 중국 땅에서 그 정도 위치까지 올라간 인물이라면 확실히 보통은 아니니까 말이다.

"오디션은 당연히 합격······ 황금 시간대의 음악 방송에 출연 확정. 그 외에도 하우쉔 쪽이 알아서 광고까지······ 나쁘지 않군."

중국 진출을 위한 오디션이 있긴 했으나, 긴장은 하지 않았다. 윤소정의 힘은 외국에서도 충분히 먹힐 만하나.

아니, 이미 그녀는 과거에 튜브에 동영상을 업로드하여 나름대로 세계적인 인기를 끈 적이 있었다.

굳이 하우쉔의 뒷 공작이 없어도 가볍게 통과하고도 남는다.

어쨌거나, 오디션 이후에 하우쉔은 적극적으로 윤소정을 밀어주기 위해서 각 방송사 등을 돌아다니면서 권력 및 뇌물을 이용해 많은 광고를 따냈다.

그 덕분에 벌써부터 중국에서 가희와 윤소정이란 두 이름은 널리 알려져 있었다.

첫 진출만 어렵지, 이번 일만 성사되고 윤소정의 진정한 힘을 방송에서 보여 준다면 이후는 전혀 걱정할 필요가 없다. 하우쉔의 힘이 없어도 알아서 대박을 가져올 터.

"수고하셨습니다. 그 외에 보고할 것 있습니까?"

"평소처럼 저희 회사가 잘 나가고 있다는 것밖에 없습니다. 소정 씨뿐만 아니라 저희 소속 연예인들도 주변 방송사에 출연 제의가 들어오고 있고, 특히 소정 씨의 경우는 출연료가 상상을 초월할 정도입니다."

"좋네요."

지우는 흡족하게 웃었다.

"그럼 몇 가지 개인적인 부탁 좀 하고 싶은데요. 혹시 괜찮을까요?"

"얼마든지 하셔도 괜찮습니다."

박영만이 공손하게 대답했다.

"제 앞으로 붙어 있는 차를 저희 아버지에게 선물용으로 사드리고 싶은데요. 혹시 어디서 구입했는지 가르쳐 주실 수 있겠습니까?"

남자라면 본디 자동차에 환장하는 법.

가족을 위해서 항상 희생하시는 아버지도 마찬가지다.

항상 오래된 자동차를 끌고 다니시며 아무런 불만도 하고 있지 않지만, 그 속은 전혀 다를 터. 특히 얼마 전에 양복을 사러 갔을 때 자신의 고급 세단을 무척 부러워했다.

지우의 물음에 박영만은 흠, 하고 고민하곤 대표 이사에게 다시 시선을 돌렸다.

"그건 어렵지 않습니다만, 차라리 같은 브랜드의 딜러를 몇몇 소개시켜드리겠습니다. 아버님과 함께 가서서 다른 차량을 보면서 마음에 드는 걸 선택하시는 건 어떻습니까?"

"오, 그건 굉장히 좋은 생각이네요. 감사합니다."

박영만은 세이렌의 경영자로서 뿐만이 아니라, 자신에게 있어서 정말 많은 도움이 된다.

특히 굳이 공적인 일이 아니더라도 부탁하면 진심을 다해서 고민해 주고, 적절한 답변을 해준다.

유능한 인물을 아래로 두면 이래서 좋다.

물론, 그렇다고 보수 하나 없이 박영만을 무시하면서 마구 부려먹는 것은 아니다.

"저한테도 부탁이나 요구 사항이 있으시면 얼마든지 말씀해 주세요. 저도 보답하겠습니다."

"하하하, 그러실 것 없습니다. 대표 이사님은 저에게 있어 은인이니까요. 그렇다고 저에게 심하게 대하는 것도 아니고요."

박영만은 괜히 비위를 맞추려고 하는 것이 아니었다.

실제로 무너져 내려가던 회사를 세운 것도 지우이며, 경영권 역시 자신에게 넘겼다.

그뿐 만이랴, 회사 초기에는 본인의 이득을 회사 투자비용에 넣었으며 그 외에도 정말 많은 일을 처리했다.

그렇기에 박영만은 지우가 자신보다 한참이나 어려도 결코 무시하거나 가볍게 대하지 않았다.

"혹시 제주도에 골드 그랜드 호텔이라고 있는데, 알고 계십니까?"

"예, 알다마다요. 우리나라에서 몇 없는 오성급 호텔이지 않습니까? 몇 년에 한 번 큰마음 먹고 가곤 합니다."

"그럼 이번 일 끝나고 다녀오세요. 제가 그쪽 오너랑 연좀 있어서, 가서 제 이름 대면 VIP로 모셔줄 겁니다."

"정말입니까!"

박영만은 화들짝 놀라 자기도 모르게 언성을 높였다.

직원들에게 악덕으로 제법 이름 좀 있는 천하의 정지우가 휴가를 보내줘서 그런 게 아니라, 그가 골드 그랜드 호텔의 오너와 아는 사이라는 것에 더 놀랐다.

"예. 그러니 가족들이랑 다녀오세요. 일 때문에 집에 못 들어가는 것보다 안 좋은 건 없으니까요."

'다른 건 몰라도 대표님의 가족을 챙기는 점은 정말 좋단 말이야.'

지우는 대표 이사로 취임한 이후, 몇 가지 박영만에게 경영 지시를 내린 것이 있었다.

그중 하나가 바로 사원이건 사장이건 뭐건 간에 가족에게 무슨 일이 있으면 회사 일을 무시하고 가족을 우선으로 해도 괜찮다는 규율이었다.

자세하게 보고만 하면 괜찮으며, 너무 터무니없는 것만 아니라면 상사의 눈치는 보지 않아도 괜찮다고 말했다.

만약 누구건 간에 부하 직원이 가족 때문에 일을 빠지거나 하는 걸 뭐라고 하면 용서하지 않겠다고 엄포를 놓기도 했다.

그 덕분에 직원들은 혹시라도 지우에게 잘못을 하거나 실수를 하면 없는 자식 부인을 팔기로 하는 해괴한(?) 상황이 벌어지곤 했다.

우우웅

"아, 그럼 전 이만 나가 보겠습니다."

지우의 사무실 책상 위에 올려 둔 스마트폰에 진동이 울리자 박영만이 공손히 인사했다.

문을 열고 나가기 전에 제주도로 휴가를 보내 준다는 것에도 잊지 않고 감사 인사를 전했다.

"네, 가 보세요."

그는 옅게 웃으면서 박영만이 나가는 모습을 확인했다.

그러곤 시선을 내리깔며 스마트폰의 액정 화면에 뜬 이름을 보고 눈을 스스륵 하고 감았다.

"일주일 뒤라……."

눈을 감자 얼마 전의 일이 머릿속으로 스쳐 지나간다.

동맹 체결로서 자오웨가 내민 조건은 둘.

그중 첫 번째는 중국에서의 사업 소득을 일정 부분 그녀에게 넘기는 것이고, 나머지 하나는 그 의도가 무엇일까 생각하게 되는 안건이었다.

— 저와 함께한 사람을 만나주셨으면 해요.

자오웨의 목소리가 머릿속에서 생생하게 울려 퍼졌다.

＊   ＊   ＊

지우는 일주일 뒤, 자오웨와의 약속을 지키기 위해서 중국으로 가는 비행기 표를 끊고 응암동에 있는 본가로 왔다.

중국에 가기 전까지는 일을 하지 않고 집에서 일상을 보내며 느긋하게 휴식을 취할 생각이었다.

— 해외로 출장?

"응."

— 호오! 어디로 가는데?

"중국 북부에 있는 하얼빈이라는 지방으로 가. 세이렌 엔터테인먼트 관련으로 일이 있거든."

— 참나, 나한테 자랑하려고 전화한 거니?

"설마. 선물 뭐 사 줄까 하고 연락했어."

김수진의 뚱한 목소리에 지우는 큭큭 하고 웃음기로 가득한 목소리로 답했다.

그녀는 대학교를 졸업한 뒤, 백수가 됐다. 아니, 정확히 말하자면 백수가 아니라 취업 준비생이다.

김수진과는 이렇게 가끔씩 전화를 하며 서로 안부를 교환하곤 했다.

— 하얼빈이 뭐로 유명한데?

"그 지역 맥주랑 겨울 축제."

— 좋아, 그럼 맥주로 부탁할게.

"알았……어라, 엄마. 벌써 왔어요?"

문이 열리며 어머니와 지하가 들어오자 지우는 놀란 듯 눈을 동그랗게 떴다.

오늘 아침, 그는 어머니의 손에 신용카드를 쥐어 주고 마음껏 쇼핑을 다녀오라고 했다.

아버지의 경우는 도움이 몇 가지 필요했으나, 어머니의 경우는 그럴 필요가 없었다. 차라리 카드를 주고 그냥 알아서 다녀오라는 편이 어머니에게도 나은 듯했다.

어머니는 괜찮다면 함께 쇼핑을 가는 건 어떠냐고 했지만, 여자의 쇼핑이 얼마나 힘든지 잘 알고 있는 그는 쓰게 웃으면서 거절하고 '그냥 두 사람끼리 다녀오세요.' 하고 보냈다.

헌데 평소라면 아침에 나갔다가 저녁 늦게까지 쇼핑을 하고 오는 어머니가 점심이 돼서야 그냥 온 것이다.

"수진아, 미안. 내가 나중에 전화할게."

— 응, 알았어. 나중에 봐.

통화 종료 버튼을 누르고, 다시 시선을 어머니에게 돌렸다.

"어머니, 무슨 일이세요?"

어머니의 표정이 좋지 않았다.

몸이 안 좋아서 그런 것이 아니라, 바깥에 나갔다가 기분 나쁜 일을 경험한 듯한 표정이다.

표정에는 은은한 노기까지 뒤섞여 있었다.

"내 참, 어이가 없어서. 지우야, 이 엄마는 명품 같은 거 필요 없단다. 그냥 우리끼리 오늘 외식이나 하러 가자!"

어머니는 씩씩거리면서 짜증을 냈다. 옆에 있던 지하의 얼굴도 미미하게 찌푸려져 있었다.

"어머니, 자세하게 설명 좀 해 주세요."

가족의 일이라면 누구보다 민감한 지우는 자리에서 벌떡 일어나 어머니에게 다가가 자세한 사정을 듣게 됐다.

그리고 지우 역시 어머니의 얘기를 들으면 들을수록 안색이 돌처럼 딱딱하게 굳었고, 가족들 앞에선 항상 부드러웠던 눈매도 사납게 쭉 찢어졌다.

어머니가 밖에서 겪은 일을 요약하자면, 대충 이렇다.

그녀는 딸과 함께 아들이 준 카드를 쥐고 유명 브랜드의 명품 매장을 찾아갔다. 예전부터 갖고 싶은 가방이었기에, 그 발걸음은 무척 가벼웠다.

다만 매장을 방문하고, 직원을 불러 좋아하는 가방에 대한 걸 물었을 때 문제가 발생했다.

"이건 얼마인가요?"

"그건…… 손님에게 좀 무리가 있을 듯한데요. 그것보다 좀 저가형을 보시면 어떠십니까?"

"네?"

어머니는 직원의 무례한 태도에 기분이 크게 상했다.

확실히 어머니의 차림새 등은 부자처럼 보이지는 않았다.

하지만 그렇다고 이런 무례를 받을 이유는 없다.

어머니는 소비자로서, 정당하게 돈을 지불할 생각으로 매장에 왔는데 마치 '격이 맞지 않으니 다른 걸 선택하시죠.'라고 말하는 듯 조금 우습게 보이는 취급을 받게 됐다.

이후, 어머니는 상한 기분이 풀리지 않아 짜증을 내면서 지하와 함께 집으로 돌아왔다.

"참나, 진짜 어이가 없어서! 어휴! 내가 그 가게 다신 가나 봐라!"

그 성격 좋은 지하조차도 이번 일은 무척 화가 났는지, 눈살을 찌푸린 채로 한마디 덧붙였다.

"최악이었어."

"……."

어머니와 여동생의 반응에 지우는 어이가 없는 듯 입을 헤 하고 벌렸다.

"그래서 그냥 돌아온 거예요? 안 싸우고?"

"직원한테 불쾌하다고 말하고 나왔지!"

"끝이에요?"

"끝인데?"

어머니가 더 뭘 하냐는 순진무구한 얼굴로 머리를 옆으로 기울였다. 그 모습을 본 지우는 속으로 혀를 내둘렀다.

'내 가족들은 참……'

착한 건 알고 있었지만, 이렇게까지 착할 줄은 몰랐다.

하긴, 이렇게 착하시고 좋으신 분이니 어릴 때부터 자신과 지하를 성심성의껏 길러 주셨을 것이다.

지우가 괜히 가족을 소중하게 여기고, 존경하는 것이 아니다. 아버지도 아버지지만 어머니도 대단한 분이시다.

하지만 이번 행동은 너무 착해서 문제다. 답답할 정도다.

"매우 빡치네요."

지우는 스마트폰으로 누군가에게 메시지를 보내고, 현관문으로 가서 삼선 슬리퍼를 신었다.

"엄마, 지하야, 안내해 줘요."

"응? 어딜?"

"방금 전에 다녀 온 데요. 사과 받아야죠. 그리고 가서 벌도 좀 줘야 할 것 같고."

"자, 잠깐. 지우야. 그럴 필요는 없는데……"

아들이 화난 듯, 냉막한 얼굴로 말하자 어머니는 뭔가

심상치 않아하는 분위기에 당황한 목소리를 냈다.

"괜찮아, 엄마."

지하도 이번만큼은 어머니를 붙잡고 고개를 좌우로 절레절레 흔들었다.

딸 역시 아들만큼이나 부모님을 존경하고 사랑하고 있었기에, 오빠를 말릴 생각을 하지 않았다.

제7장

하얼빈, 그리고 러시아

　이은지는 세계적으로 이름 높은 패션 브랜드의 한국 지점에서 일하고 있다.

　그 덕분에 주변의 여성들에게 항상 부러움을 받는다. 직원 할인으로 인해 명품을 좀 더 값싸게 구입할 수 있어서다.

　아니, 굳이 그 점뿐만 아니라 연봉 자체도 높은 편에 속한다. 이 정도면 충분히 성공했다고 할 수 있다.

　"은지 씨, 아까는 잘했어."

　그녀의 곁에서 간간이 조언을 해 주던 선배 직원이 찾아와 자신을 칭찬하자, 이은지는 기분이 무척 좋았다.

약 두 시간 전, 딱 봐도 이 매장과는 어울리지 않는 평범한 사람이 왔다.

이은지는 그런 부류를 잘 안다.

"그런 평범한 사람들을 이런 곳에 들여보낼 수는 없죠. 분명 고객들도 불쾌하실 거고요."

이은지는 자신의 행동에 자부심을 느낀 듯, 없는 가슴을 내밀면서 자랑스레 말했다. 선배도 그녀의 말에 동의했다.

"맞아, 우리 직장은 보통 사람은 올 수 없는 곳이야. 저런 사람들은 격이 맞지 않지. 어차피 살 돈도 없을 테고, 구경만 하러 온 사람들일 거야. 호호호!"

"이게 다 유능하신 선배가 가르쳐 주신 덕분이죠."

이은지는 사회생활을 잘하기 위해서 사수의 칭찬도 잊지 않았다. 그러자 선배는 뿌듯한 듯 깔깔하고 웃어 댔다.

"아, 그런데 선배. 만약 그 아줌마랑 여자애가 고소하겠다고 하면 어쩌죠?"

"걱정 마. 어차피 그런 사람들은 그렇게까지 행동력 있지 않아. 게다가, 평범한 사람들 따위가 우리 회사를 상대로 뭘 할 수 있겠어?"

그 말에 이은지는 속으로 안도했다.

"쯧쯧. 저것들 하여간 답이 없다니까."

"쉿, 뒤에서 정직원들 흉보지 마. 우리도 말려들어."

입구 근처에 있던 남녀 인턴은 두 정직원의 대화에 혀를 차면서 목소리를 낮추고 뒷담을 했다.

혹시라도 들키면 어쩌나 싶어서, 눈동자도 다른 쪽으로 고정하는 등의 모습도 보였다.

"어, 저기 봐 봐. 차를 보아하니 상당히 큰 고객님이신 것 같은데?"

마침 타이밍 좋게도 고급 세단이 주차장에 들어오는 모습이 눈에 잡혔다. 이에 남녀 인턴은 급히 정문을 열어 두고, 출입구에 서서 허리를 반듯이 피고 서 있었다.

"실수하지 않도록 조심하자."

두 사람은 서로 마주 보고 잔뜩 긴장했다.

주차장에서 운전기사가 뒷문을 열자, 비교적 나이가 젊은 청년이 내렸다. 평범한 옷차림에, 특별히 귀티 같은 것도 흐르진 않았지만 남녀 인턴은 그래도 저런 차량에서 내린 걸 보면 평범하지 않을 것이라 생각했다.

"어서 오십시오."

두 사람의 인사와 함께, 평범한 청년인 매장 안으로 들어왔다.

"안녕하십니까, 무엇을 도와 드릴까요?"

이에 미리 인턴 남녀에게 언질을 받은 지점장이 달려왔다.

'나이를 보니 무슨 사업가는 아닌 것 같군. 하지만 저런 차량에 기사까지 붙은 걸 보니 부잣집 도련님인 모양이야. 기회다.'

돈이 많은 사람들은 대부분 씀씀이가 크다.

잘만 하면 이 매장에서 제일 금액이 많이 나가는 상품을 팔 수도 있다. 매출이 높으면 지점장 역시 실적을 높일 수 있고, 본사로 발령이 떨어질 수도 있다.

그렇지 않아도 얼마 전에 동기가 본사로 발령을 받아서 지점장은 배가 아파 죽을 지경이었다. 그는 기필코 저 부잣집 도련님을 잡아야겠다고 생각했다.

"안녕하세요. 어머니에게 선물 좀 하려는데, 제가 구경 좀 해도 되겠습니까?"

부잣집 도련님, 아니. 지우가 물었다.

어투를 보자면 상당히 저자세이긴 했으나, 겉모습은 전혀 그렇지 않았다. 어느 누구보다 더 자신감이 느껴진다.

"물론입니다, 고객님."

지점장은 지우의 말투에 의아해하긴 했으나, 개의치 않

고 넘어가기로 했다.

원래 재벌가의 자식들은 대부분 일반 사람들이 이해하지 못하는 놈들이 많다.

지점장은 지우도 그런 부류로 생각했다.

"잘 나가는 것들 한 번 보여주세요."

"예!"

지점장은 신난 얼굴로 부하 직원들에게 눈짓으로 몇 가지를 가리키고 가지고 오라고 했다.

'좋아, 아주 큰 손님이야! 느낌이 좋아!'

본사 발령 소식에 기뻐할 아내를 떠올리며, 지점장은 속으로 환호성을 내질렀다.

이 대박 손님이 아무런 거리낌 없이 잘 나가는 것들을 보여주라는 태도를 보면 돈이 보통 많은 것이 아닌 모양이다.

"와, 배포 좀 보소."

"돈 엄청 많나 보다."

"저 사람 어디의 도련님이지?"

매장에 있는 다른 손님들도 지우가 보통이 아니라는 걸 느꼈는지, 호기심 어린 눈으로 그를 쳐다봤다.

얼마 뒤, 부하 직원들이 몇몇 가방이나 지갑 등을 가져왔다. 이 매장의 주력 상품은 여성을 대상으로 한 가방이긴 하나, 남자를 대상으로 한 지갑 등 여러 상품도 존재한다.

"아가씨, 그 앞에 있는 것 좀 설명 좀 해 주세요."

"앗, 네!"

잔뜩 긴장해 있던 이은지는 자신이 지목되자 깜짝 놀라 곤 수많은 가방 중 하나를 소개하였다.

지점장은 마음 같아선 자신이 나서고 싶었지만, 아쉬운 듯 입맛을 다시곤 부하 직원이 설명하는 걸 지켜봤다.

"이 모델은 본사의 수석 디자이너께서 새해를 기념하여 제작하였습니다. 보다시피 가방의 소재는……."

'좋아! 잘하고 있어, 이은지! 고속 승진이다!'

이은지는 이번이 놓칠 수 없는 기회라 생각했다.

정규직으로 채용된 지는 별로 되지도 않았는데, 이런 대형 손님에게 지목을 받다니!

'후후. 역시 내 미모가 좀 되나 봐. 어쩌면 이 남자 나한테 반했을지도 모르고.'

그녀는 자신의 분홍빛 미래를 상상했다.

부잣집 아들은 인성에 조금 흠이 있긴 하지만, 그래도 연애를 한다면 드라마에서나 나올 법한 경험을 할 수 있다.

그렇지 않아도 최근 친구 중에서 서울대를 나온 의사와 사귀고 있다고 자랑하는 재수 없는 녀석이 있었다.

그 친구의 코를 납작하게 만들고 싶었으나 마땅한 방법
이 없어서 아쉬웠는데, 정말 잘됐다.

"얼마죠?"

"네?"

"가격, 얼마예요?"

"아, 네. 980만 원입니다."

이은지는 이 재수는 없지만 돈은 많은 손님이 자신의 설
명을 도중에 끊자 살짝 기분이 상했지만 그냥 넘어갔다.

그런 사소한 이유만으로 이런 손님을 놓칠 수 없으니까.

"그래요? 나쁘지 않네. 그거 포장해 주실 수 있어요?"

"네!"

이은지는 희희낙락하며 속으로 만세를 불렀다.

"어, 잠시만요."

"네?"

"어이쿠, 내 정신 좀 봐 봐. 생각해 보니까 제가 옷차림
이 별로네요."

지우는 진심으로 실수한 표정으로 뒤통수를 긁적였다.

그는 현재 어디에서나 볼 수 있을 법한 티셔츠에, 청바지
만 입고 있었다. 딱히 빈티가 나는 느낌은 아니지만 그래도
고급스러워 보이지는 않는다. 게다가, 잘 보면 신발도 흑백

무늬가 세 줄 그어져 있는 삼선 슬리퍼다.

"지점장님, 정말 죄송합니다. 제가 이런 곳에 들어올 자
격이 되는지 모르겠네요."

지우는 지점장에게 시선을 돌려 사과했다. 그러자 되려
지점장이 당혹스러워했다.

"아, 아닙니다. 옷차림이 뭐 어때서 그러십니까? 괜찮습
니다. 애초에 저희에게 사과하실 필요도 없습니다."

"정말인가요?"

"예, 그럼요. 오물이 묻은 누더기를 입으신 것도 아니고,
그렇다고 발가벗으신 것도 아닌데요. 만약 그 경우에 다른
손님들에게 폐가 되니 좀 그렇지만…… 손님의 경우는 전
혀 문제 되지 않습니다."

"그래요? 다행이네요. 아, 마침 바깥에 저희 어머니랑
여동생이 와있는데 옷차림이 부끄럽다고 안 오고 계셔서
요. 괜찮다면 들어오라고 해도 될까요?"

"하하하, 물론입니다. 손님께선 유머가 상당하시군요."

지점장이 손사래를 치면서 흔쾌히 승낙했다.

그러자 방금 전까지 웃는 얼굴이었던 이은지의 얼굴에
불안감이 어렸다. 그녀의 곁에 있던 선배 직원의 표정 역시
도 변했다.

"네, 여보세요. 한 기사님. 어머니랑 지하랑 함께 들어와 주시겠어요? 아, 결제도 해야 하니까 현금도 부탁드릴게요."

지점장의 허가(?)가 떨어지자마자, 그는 기다렸다는 듯이 스마트폰으로 주차장에서 대기하고 있는 한 기사와 가족들을 불렀다.

그리고 얼마 지나지 않아 한 기사가 갈색 계열의 아티셰 케이스를 들고 가족들과 함께 매장 안으로 들어섰다.

"어서 오십시오!"

현재 매장 안에 있는 손님이 보통 사람이 아닌 걸 깨달은 다른 직원들 역시 최대한 예의를 차리고 공손하게 인사하여 가족들과 한 기사를 반겼다.

단 두 사람을 제외하고.

"지, 지우야. 이럴 것까지 없다니까?"

매장 안으로 들어온 어머니는 조금 민망한지, 불그스름한 얼굴로 지우에게 넌지시 말했다.

"잠깐, 저 사람……."

"헉!"

출입구에 있던 남녀 인턴이 어머니와 지하의 얼굴을 보고 화들짝 놀랐다.

지점장이야 사무실에 있었고, 다른 직원들 역시 두 시간 전에는 다른 고객들을 상대하고 있어서 그녀들이 재방문했는데도 알아보지 못했다.

그러나 출입구에 있던 남녀 인턴과 더불어, 그들이 험담을 했던 직원 두 명은 그녀들을 아주 잘 알고 있었다.

"괜찮아요, 엄마. 너무 부끄러워하지 마세요. 지점장님은 옷차림이 좀 비루해도 괜찮데요. 저희한테 친절해요."

지우는 하하하, 하고 싱쾌하게 웃으면서 어머니를 모시고 아까 지점장에게 부탁하여 진열시킨 상품들로 안내해 줬다.

"이 브랜드에서 한창 잘 나가는 상품들이래요. 마음에 드는 거 아무거나 고르세요."

"끄응."

"자, 지하야. 엄마 좀 도와줘."

"······응."

오빠의 행동을 본 지하는 못 말리겠다는 듯이 미미하게 웃더니 어머니와 팔짱을 끼고 진열된 상품으로 향했다.

"이, 이렇게 할 필요 없다니까 그러네······."

어머니는 연신 안절부절 주변의 눈치를 보면서 매우 어색해했다. 아무래도 주변 시선이 부담스러운 모양이었다.

"저, 손님……혹시 제가 무슨 폐라도 끼치셨습니까?"

지점장은 방금 전, 지우의 말에 무언가 이상함을 느꼈다. 아까는 그냥 별난 사람이라고 생각했는데, 이제 보니 전혀 아니었다.

그러자 지우는 매장을 들어온 이후 제일 상쾌해 보이게 활짝 웃으면서 손사래를 쳤다.

"아니요, 지점장님은 저에게 잘해 주셨는데요."

"그럼……."

"다만 아까 저희 어머니와 여동생이 방문하셨다가, 마음에 드는 가방을 사려 했는데…… 옷차림을 슥 훑어보곤 저가형을 상품을 추천하시더라고요. 그래서 전 겉모습의 격이 맞지 않으면 돈이 있어도 마음대로 상품의 선택조차 못 하는 줄 알았죠."

지우의 입가에 번진 상쾌한 미소가 싸늘하게 변했다.

그러자 지점장도 무슨 일인지 깨달은 듯, 그 얼굴이 창백하게 질렸다. 그는 급히 주변의 직원들을 매섭게 째려봤다.

그중에서 유난히 안색이 좋지 못한 여직원이 하나 있었는데, 바로 이은지였다.

"당신 대체 무슨 짓을……!"

이건 보통 문제가 아니었다.

만약 이 일이 알려지고 소문이 난다면, 지점장도 무사하지 못한다. 아니, 그뿐만이 아니다.

비난 수준으로 끝나는 것이 아니라, 브랜드의 가치에 흠집이 간다. 그건 보통 재앙으로 끝나지 않는다.

한 사람의 행동이 연계되어 주식에까지 영향이 갈 것이고, 그 뒤로는 입 아프게 굳이 말로 설명하지 않아도 된다.

"저, 저는…… 저, 전 그러니까…… 선배가 시키는 대로……."

이은지도 이제야 자신의 행동이 얼마나 터무니없던 것이었는지 깨닫고 안색이 하얗게 질린 걸 넘어, 시체처럼 변했다. 당장이라도 쓰러질 것 같은 환자의 모습이었다.

"고객님, 정말 죄송합니다. 이 일에 대해선 제가 책임지도록 하겠으니 부디……."

"아니요. 지점장님이 책임지실 필요는 없죠."

지우는 이은지의 바로 앞에 정면에 섰다. 그러곤 한 기사에게 눈짓을 보내 케이스를 열도록 했다.

"헉!"

"저게 대체 얼마야?"

케이스 안에는 신사임당이 그려진 지폐 묶음이 그 자리를 차지하고 있었다.

그 돈지랄을 목격한 매장 안의 손님들은 모두 입을 떡 벌리고 다물지 못했다.

　"이봐요, 만약 저희 어머니와 여동생이 누더기를 입었거나, 혹은 피 칠갑을 했다거나 한다면 저도 이렇게까지 안 나왔을 거예요. 하지만, 그런 게 아니잖습니까."

　지우는 케이스 안에 지폐 묶음 하나를 집어 들더니 탁자의 정중앙에 툭 하고 내려놓았다.

　"사람 뭐로 보고."

　"히끅!"

　"솔직히, 이건 상식이고 기본 아닙니까? 그래서 당신이 뭘 잘못했는지 굳이 말하지 않아도 괜찮겠죠?"

　속사포처럼 이어지는 물음이 끝나자, 지우는 지폐 묶음을 검지로 이은지가 있는 곳으로 슥 하고 밀어냈다.

　"어때요. 이제 좀 제가 여기에 오는 격이 됩니까?"

　"죄송합니다! 죄송합니다! 제발 용서해 주십시오! 다신 안 그러겠습니다!"

　이은지는 축축하게 젖은 눈으로 허리를 숙여 사과했다.

　"용서를 빌 대상이 틀렸어요. 정말 화가 나고 기분이 상한 건 내가 아니니까."

　그제야 이은지가 얼른 몸을 돌린다.

마침 어머니와 지하는 다른 직원들에게 안내를 받고 있었는데, 어머니는 아까 전까지만 해도 부담스러워 했으면서도 좋아하는 상품을 소개받아 쇼핑의 행복에 비명을 질렀다.

참고로, 그녀들 곁에 있는 직원들은 그야말로 죽을 맛이었다. 만약 이 두 모녀가 또 기분이 상한다면, 굳이 당사자인 이은지가 아니더라고 자신들은 직장을 잃을지도 모른다는 생각에 혼심을 다했다.

"죄송합니다, 고객님! 정말 죄송합니……."

"호호호, 아니에요. 그럴 수도 있……."

이은지가 머리가 땅에 닿도록 사과하고, 어머니는 기분이 다 풀린 듯 웃는 얼굴로 그녀를 용서해 주었다.

"고객님, 다시 한 번 폐를 끼쳐 죄송합니다. 이 일에 대해선……."

곁에서 안절부절하지 못하고 보고 있던 지점장이 얼른 다가와 지우의 비위를 맞추려는 시도를 보였다.

"괜찮습니다. 아, 그리고 어차피 어머니 가방 몇 개 더 필요하니까, 어머니가 고르는 것 외에도 이거에 맞춰서 상품 다 내주세요."

이왕 이렇게 된 거 통 크게 쓸 생각이 든 지우였다.

"알겠습니다."

"그리고, 저희 가면 이것도 저쪽 직원이랑, 저사람 교육시킨 사람에게 전해 줘요."

그는 턱 짓으로 아까 전, 이은지 쪽으로 넘긴 지폐 묶음을 가리켰다.

"고객님, 저희가 한 짓 때문에라도 이런 건 받을 수 없습니다. 반대로 저희가 고객님에게……."

"저 아가씨 퇴직금이니까 걱정 마세요. 하하!"

*　　*　　*

어머니가 명품 브랜드의 매장에서 겪은 일은 이은지와 그녀를 교육시킨 선배 직원의 사과와 퇴직으로 해결됐다.

사실, 마음만 먹으면 이 사건을 크게 만들어서 언론에 공표하고 고소하여 법적인 공방도 할 수도 있었다.

상황만 보자면 승소할 수밖에 없을뿐더러, 굳이 손을 대지 않아도 충분한 보상 또한 받을 수 있다.

하지만 어머니가 사건을 크게 벌이기 싫어하는 눈치여서, 이번은 그냥 넘어가기로 했다.

물론 보상이 아예 없던 것은 아니었다.

지점장이 본사에 이 사건에 대해 보고하였고, 본사 측에서도 부랴부랴 연락이 와서 사과와 감사 인사를 전했다.

특히 본사에선 지우가 이 일을 크게 벌이지 않은 것에 환호하고 무척 좋아하면서 고마워했다.

만약에 이 일이 알려진다면 단순히 브랜드의 이미지 실추로 끝나지 않는다. 책임자들 또한 크게 문책을 받을 것이며, 그 외에도 브랜드에 흠집이 가니 매출이 크게 줄지도 모르는 등 다양한 일이 벌어진다.

그걸 지우와 어머니가 넓은 아량으로 넘어가자고 했으니, 회사 입장에선 미치도록 고마워하고도 남을 일이었다.

덕분에 본사에선 지우와 어머니, 아니 그 가족들은 모두 이 브랜드 계열의 상품을 살 경우 할인 혜택 등 최고의 접대를 받도록 약속됐다. 즉, 툭 까놓고 말하자면 뇌물이었다.

"부모님에게 효도도 좀 했으니, 이제 슬슬 중국으로 떠나볼까."

며칠 뒤에 출국 날짜가 되자 지우는 여권과 옷이나 필수용품이 든 캐리어를 쥐고 인천 공항에서 비행기에 탑승했다.

그것도 퍼스트 클래스 좌석에 앉았는데, 이제 돈이 상당히 많다 보니, 이런 곳에는 씀씀이가 커진 지우였다.

비행시간은 약 두 시간가량이었으며, 별 문제 없이 하얼빈에 도착할 수 있었다. 다행히 영화처럼 하이재킹 같은 사건이 일어나지는 않았다.

"한국보단 시원하네."

조사에 의하면 하얼빈은 겨울에는 굉장히 추운 지역이나, 대신 여름에는 기온이 낮고 전체적으로 선선한 편이다.

뭐, 물론 지금은 봄과 여름 사이에 있는 5월 말이라 한국이건 중국이건 나쁘지 않지만 말이다.

"歡迎你."

공항을 나오니 잘빠진 리무진 한 대가 보였고, 뒷좌석에 창문을 연 채로 자오웨가 손을 흔드는 것이 보였다.

참고로 눈이 마주치자마자 그녀가 한 말은 '환영해요.'라는 뜻이다.

"동생은 어디 있습니까?"

캐리어를 트렁크에 넣어 두고, 리무진에 탑승하니 저번에 그녀의 곁에 있었던 칭후가 보이지 않았다.

"이야기하자면 길어요. 나중에 말씀드릴게요."

자오웨가 옅게 웃었다.

"것 참, 언제까지 그렇게 이야기를 질질 끌 생각입니까?

중국까지 왔으니 이제 좀 말할 때 되지 않았나요?"

"뭐가요?"

자오웨의 시치미에 지우는 어이없는 듯 헛웃음을 흘렸다.

"여기에 와서 만나야 할 사람이 있다고 했잖아요. 그게 대체 누구고, 내가 왜 그 사람을 만나야하는지 말입니다."

"하긴, 슬슬 말할 때가 됐네요."

드디어 이 배배꼬인 여우가 말할 생각이 있는 모양이다.

"그럼 당분간 묵을 호텔에 가기 전까지, 이야기보따리 좀 풀어볼까요."

"기다렸단 바입니다."

"하얼빈은 예로부터 중국의 다른 도시에 비해 치안 상태가 그다지 높지 못한 지역이에요. 그러다 보니 매춘, 마약 밀매, 총기밀매, 강도까지 온갖 범죄가 잘 일어나죠. 당연히 이곳 역시 우리 구주방의 손이 닿는 곳이고요."

자오웨는 리무진 내부에 있는 와인 셀러를 열어서 와인을 꺼내 지우에게 마실 거냐는 제스처를 취했다. 이에 지우는 손을 내저어 사양했다.

"다만, 문제가 있어요."

"치안 자체가 이미 엄청 커다란 문제인 것 같지만……

무슨 문제입니까?"

"네. 혹시 하얼빈과 러시아의 관계에 대해서 아시나요?"

"글쎄, 자세히는 알지 못합니다. 제가 아는 건 맥주가 유명하고, 겨울에는 굉장히 춥고. 또 안중근 의사께서 이토 히로부미라는 희대의 개자식을 쏴 죽인 것 정도?"

아직 한국에 있을 때, 자오웨의 연락을 받고 나름대로 조사를 해 봤다.

하얼빈은 헤이룽장 성(黑龍江省)이라 하여, 중국 영토의 동북부에 있는 도시이며 주요 공업 요지이기도 하다.

"아아, 그러고 보니 하얼빈은 한국과도 관계가 있는 곳이었죠."

하얼빈에는 안중근 의사의 기념관이 전시되어 있어 한국인 관광객도 상당히 많이 찾는다고 한다.

"여기 하얼빈은 원래 1898년에 러시아가 시베리아 횡단철도를 블라디보스토크까지 연장하는 동청철도를 건설하면서 본격적으로 발달했는데……."

"친절한 설명은 감사하나, 대충 요약만 해 줬으면 합니다. 나중에 정 궁금하면 찾아보죠."

괜한 서론을 듣고 싶지 않은 지우가 그녀의 말을 도중에 끊어 버렸다.

"원래 러시아가 세우고, 개발한 도시인데 도중에 러일전쟁으로 인해 동청철도가 일본에게 팔려서 러시아인들이 대부분 빠져나갔어요. 그리고 이후에는 1945년에 소련군이 점령하고, 1년 뒤, 1946년에 우리나라에 통치권이 넘어갔어요."

"진작 그렇게 요약해 주지 그랬어요."

자오웨의 짤막한 설명에 지우는 무척 흡족해했다.

하얼빈은 중국의 땅이지만 그 역사를 되짚어보자면 러시아인이 세우고, 또 러시아가 만들어 온 도시란 의미다.

"1988년까지는 러시아인이라곤 30여 명밖에 되지 않지만, 그 이후 최근에 러시아와의 문화 교류가 늘면서 현재 하얼빈에는 제법 많은 러시아인이 찾아와요."

하얼빈은 러시아의 입장에선 여러 가치가 있는 관광 지역이다. 러시아의 건축물과 더불어 러시아 정교의 하일번성 소피아 성당이라는 교당도 별 훼손 없이 남아 있었다.

아예 이민을 온 이들도 여럿 있다고 한다.

"그게 무슨 문제입니까?"

"그중에서 러시아 마피아들이 여럿 껴있어서 하얼빈으로 흘러 들어온다는 게 문제죠."

"후우……."

문제의 정체에 대해 듣자마자 한숨이 절로 튀어나왔다. 이번 일은 생각보다 더 성가시게 변할 듯했다.

"지금 제 머릿속에 몇 가지 떠오르는 것이 있는데, 말해도 됩니까?"

자오웨는 고개를 끄덕이는 걸로 대답을 대신했다.

"하얼빈에는 구주방뿐만 아니라, 다른 범죄조직이 존재한다. 그리고 그 범죄조직이 러시아에서 어쩌다가 하얼빈으로 넘어온 마피아다."

"네."

"그런데 하얼빈에 와 보니 생각보다 돈이 되는 사업을 펼치기에 썩 괜찮은 도시였고, 그대로 눌러앉은 거고요. 다만, 그들 입장에선 이미 터줏대감으로 앉아 하얼빈에서 밥그릇을 모두 차지하고 있는 구주방이 문제였겠군요."

"제가 입 아프게 설명하지 않아도 좋네요."

"툭 까놓고 물어보겠습니다. 저보고 그 러시아 마피아를 모두 없애달라는 겁니까?"

범죄조직과의 싸움은, 단순히 동네 어린아이들 싸움 따위가 아니다. 사람을 죽이고 사람이 죽는 그야말로 지옥 그 자체. 단순히 살인이 아니라, 학살이 벌어질 것이다.

자오웨는 지우의 물음에 머리를 흔들며 대답했다.

"그렇게까지 해달라는 건 아니에요. 그 조직의 몇몇 인물들만 대신 처리해 주면 그 이후에는 제가 알아서 할게요."

"하아……솔직히, 저는 이해가 잘 안 갑니다. 확실히 총기로 무장한 러시아 마피아는 보통이 아니지만 당신의 힘이라면 특별히 문제가 없을 텐데요."

러시아 마피아의 힘과 막장성은 무시무시하지만 그건 구주방 역시 마찬가지다.

아니, 솔직히 말해서 굳이 세력의 다툼은 꺼낼 필요도 없다. 자오웨와 칭후. 이 두 쌍둥이가 앱스토어의 상품을 이용한다면 러시아 마피아건 뭐건 간에 소탕하는 일은 그다지 어려운 일이 아니다.

"하나는 알지만 둘은 모르시네요."

"……?"

"저 혼자만의 힘으로 해결할 수 있었더라면 애초에 당신을 부르지 않았겠죠."

"설마……."

불안감이 등골을 훑고 두뇌 깊숙한 곳까지 스멀스멀 기어 올라왔다. 등덜미가 오싹한 것이, 기분이 별로 좋지 않다.

"그 범죄조직에 우리와 같은 앱스토어의 고객이 있어요. 그 사람을 만나서, 죽여주세요. 그게 제가 말한 두 번째 조건이랍니다."

　"환장하겠군."

*　　　*　　　*

　하얼빈에 위치한 이름 없는 성당.

　성당의 본당의 천장 한복판에는 정교회의 이콘이 그려진 돔이 보이고, 그 밑에는 샹들리에가 매달려 있다.

　또한 한국의 성당과는 다르게 본당 내부에는 의자가 없었다. 이는 돈이 없어서 의자가 없는 것이 아니라, 그리스나 러시아의 성당은 예배를 볼 때 서서 보기 때문이다.

　"……."

　샹들리에의 아래, 한 백인 여성이 서 있었다. 흑도, 백도 아닌 그 중간의 회색 빛깔의 머리칼이 돋보이는 여성이다.

　그 신장은 백팔십 센티미터에 가까워서, 서양인이긴 해도 여성 중에선 큰 편에 속했다.

　또한 백인 여성은 상당한 미인의 축에 들었다.

　동양의 기준으로도, 서양의 기준으로도 상당한 편이다.

다만 약간, 아니 아주 큰 흠이 있었다.

바로 게슴츠레 뜬 눈매 안에 있는 눈동자였는데, 색깔은 벽안이었으나 동태 눈깔 마냥 빛이 죽어 있었기 때문이다.

생기라곤 하나도 느껴지지 않아, 마치 죽은 사람인 것 같았다.

그뿐만 아니라, 눈 밑에 다크 서클이 굉장히 심하게 내려 앉았다. 덕분에 그녀의 인상은 음울하고 초췌하게 보이게 했다.

옷차림은 여성용 정장 차림이었으며, 딱히 달라붙는 디자인이 아님에도 육감적인 몸매가 돋보인다.

특히 가슴이 상당히 큰 편에 속해서, 남자라면 누구라도 돌아볼 만한 여성이었다.

연령대를 살펴보자면, 이십 대 후반. 혹은 삼십 대 초반이지 않을까 싶다.

동태 눈깔과 험한 눈매, 그리고 생기 하나 없는 벽안만 아니었더라면 어딜 가서라도 미인으로 칭송받으며 어쩌면 세계적인 연예인이지 않을까 착각할 정도로 매력적이었다.

"боcc."

보스, 하고 그녀를 부르는 목소리가 성당의 적막함을 깨 뜨렸다.

백인 여성이 몸을 뒤로 살짝 돌린다. 그 시선 끝에는 본당 입구 근처에 서 있는 남자들에게로 향했다.

남자 중 한 명이 한 걸음 나서서 백인 여성에게 공손한 어조로 말했다. 그 언어는 러시아였다.

"방금 전에 자오웨가 하얼빈에 도착했다고 합니다."

"음."

"다만, 혼자가 아니랍니다."

"남동생 쪽이 벌써 일어났나."

백인 여성은 그렇지 않아도 험한 눈매를 찌푸렸다. 여성인데도 불구하고 굉장히 날카롭고 무서워 보인다.

"그게…… 칭후가 아닙니다. 감시원의 말에 의하면 이십 대 초반, 혹은 중반의 애송이라고 합니다. 생김새, 외모, 분위기 모두 딱히 특별한 문제가 없는 평범한 놈이라고……."

"동양인?"

"예, 그렇습니다."

"……그러고 보니 얼마 전에 용호단이 상해에서 잠시 활동을 멈추고, 자오웨와 칭후가 한국에 갔었지."

백인 여성은 무언가 떠올린 듯 중얼거렸다.

"일단은 상황만 지켜보라고 전해. 그리고 감시원한테 그

동양인 사진 찍어서 뭐하는 놈인지 조사도 시키고."

"알겠습니다."

백인 여성이 성당의 출입구로 느긋하게 걷다가, 잠시 멈췄다. 그리고 등 뒤에 있는 성당의 제단을 슬쩍 훑어보곤 다시 머리를 정 위치로 되돌렸다.

"정면으로 승부를 걸어오는 머저리 칭후와 달리 그 여자는 간악한 여우야. 그녀와의 전쟁은 결코 쉽지 않으니, 모두 마음 단단히 먹고 무장해. 어쩌면 북경 때보다 심해질지도 모르니 무장 헬리콥터를 띄우는 것도 나쁘지 않아."

"유의하겠습니다."

제8장

자오웨가 정말 원하는 것

하얼빈 공항에서 약 30km 떨어진 화려한 호텔 앞.

자오웨가 예약한 호텔에 도착한 지우는 리무진에서 내리고 15층에 위치한 비즈니스 룸으로 안내받았다.

럭셔리한 분위기와 더불어 넓은 공간에 미팅할 수 있는 방까지 딸려 있는 고급 객실이었다.

자오웨는 푹신푹신한 소파에 다리를 꼬고 앉아, 맞은편에 앉아 있는 지우에게 몇 가지 서류를 건네며 설명했다.

"알렉산드라 블라디미로브나 바실리예바(Александра Владимировна Васильева)."

"웬 마법 주문입니까?"

서류를 건네받은 지우가 자오웨에게 물었다.

"주문 같은 게 아니라, 러시아어예요. 그리고 그 여자의 이름이고요."

서류에는 알렉산드라로 보이는 회색 머리칼을 지닌 백인 여성의 사진이 몇 장 붙어 있었다.

"남동생과 제가 그녀를 처음 만나게 된 건 1년 전, 북경 에서였어요."

'북경……?'

구주방과 북경, 잘 기억은 나지 않지만 무언가 마음에 걸린다. 생각이 날 듯 말 듯 하지만 잘 떠오르지 않았다.

"당시, 전 북경에서 활동하다가 구주방의 수뇌부에게 한 가지 의뢰를 받게 됐답니다."

"의뢰?"

"네, 하얼빈에서 구주방을 밀어내고 사업을 가로챈 러시 아 마피아의 우두머리가 마침 북경에 온 것이 확인되어 그 녀를 죽이고 모든 걸 빼앗으라는 의뢰였죠."

'후, 언제 들어도 익숙해지지 않네.'

느와르 영화에서나 나올 법한 사건을 생생하게 듣자 도 저히 믿겨지지가 않았다. 하지만 저게 거짓이 아니라 현실이라는 걸 아니, 안 믿을 수도 없다.

"처음에는 점조직 형태로 마땅한 서열이 없는 러시아 마피아를 정복한 것도 이례적인데, 그 주인공이 저와 같은 여성이라는 것에 호기심을 느꼈어요. 그래서 천천히 수다나 떨면서 시멘트에 넣어서 강에 던지려고 했죠."

자오웨는 왼쪽 뺨에 손바닥을 대고 곤란한 듯이 웃었다.

여전히 멀쩡한 얼굴로 저런 무시무시한 말을 잘도 한다.

"실패했군요."

"안타깝지만 어쩔 수 없었죠. 그녀가 저희와 같은 앱스토어의 고객이어서, 쉽게 어떻게 할 수 없었거든요."

"과연, 지금 여기에 제가 있는 걸 보면 알렉산드라라는 여편네도 제법 상가신 모양인가 봅니다."

"성가시다는 말로는 끝나지 않아요. 그 여자를 잡으려고 하다가 북경을 난장판으로 만들었거든요. 대낮에 도심 한복판에서 총격전으로 하고, 폭탄을 터뜨리고…… 사망자와 중상자도 상당했답니다."

"아아!"

자오웨의 말에 드디어 아까 떠오르지 않았던 기억이 머릿속으로 스치고 지나갔다.

작년 가을과 겨울 때 즈음, 집에서 뉴스를 보다가 북경에서 총격전이 일어난 걸 본 적이 있었다.

　─다음은 국제 사회 소식입니다. 중화권의 범죄 조
직인 구주방(九州幇)이 북경 도시 한복판에서 총격전
을……

'허, 그 뉴스도 대단한데. 설마 앱스토어 고객 두 명에
대해서 다룰 줄은 몰랐어.'
　그때 기억나는 방송이 김효준이 튜브라는 동영상 사이트
에서 몇 백만 명이 조회했다는 소식과 구주방이 북경 한복
판에서 총격전을 한 소식이었다.
　비록 우연이긴 하지만, 이렇게 조각처럼 맞춰지니 왠지
모르게 신기한 기분이 들었다.
　"알고 계시는 모양이네요. 하기야, 그 사건은 국제적으
로 보도됐으니까요."
　자오웨는 수긍이 간다는 얼굴로 머리를 한차례 끄덕이곤
다시 말을 이었다.
　"그 일의 여파는 저도 굉장했답니다. 사안이 사안인지라
뇌물도 통하지 않아서 중국 공안에 있는 몇몇 더러운 놈들
도 저희를 돕지 못했죠. 그로 인해 대대적인 수사도 내려와

서 구주방의 몇몇 간부도 체포되고 사업장도 뺏기고……
말도 아니었어요."

자오웨는 한숨을 푹 내쉬었다. 그 한숨에는 상당히 안타
깝다는 감정이 뒤섞여 있었다.

"실력이 좋은 용호단원도 상당히 희생됐고, 칭후도 알렉
산드라에게 당해서 정말 가슴이 아팠어요. 하지만 이런 피
해를 입었는데도 알렉산드라는 잡지 못했고, 그녀는 도망
갔죠."

"대체 얼마나 강한데 그럽니까?"

이제 슬슬 알렉산드라에 대해 의구심과 경계심이 생겼
다.

칭후는 비록 자신과 맞지 않지만, 그래도 결코 무시할 수
없을 만큼의 무력을 지니고 있다.

게다가 자오웨 또한 무력은 아직 보지 않았지만 분명 보
통이 아닐 것이 분명하다.

헌데 알렉산드라는 그런 두 사람의 협공과 더불어 구주
방의 조직원에게도 총알 세례를 받았는데 아직 멀쩡하다.

"무력의 문제가 아니랍니다."

자오웨는 이마를 짚고 깊은 한숨을 푹 내쉬었다.

"무력의 문제가 아니라니?"

"알렉산드라가 지닌 상품이 무엇인지는 알 수 없으나, 그 힘은 무척 특별해요. 사람들의 정신을 원하는 대로 조종할 수 있거든요."

"......!"

확실히, 무력의 문제가 아니었다. 사람의 마음을 조종할 수 있는 힘, 즉 마인드 컨트롤을 말하는 것인데 그 힘은 대중 매체에 등장하는 초능력 중에서도 가히 절대적이라 할 수 있다.

"그런 상품이 있었습니까?"

하지만 여기서 의문이 하나 들었는데, 바로 정신조작 관련 상품의 존재유무다.

그는 심심하거나 시간이 남으면 스마트폰을 꺼내서 항상 상품을 둘러보곤 한다. 하지만 마인드 컨트롤 같이 눈에 띄고 특별한 상품은 단 한 번도 본 적 없었다.

"외국의 앱스토어도 뭔가 다를까 했는데, 시스템은 비슷한 모양이네요. 중국 쪽에도 없었는데, 아무래도 그녀는 일정 기간 동안 랜덤으로 나타나는 한정 상품은 구입한 모양이에요."

앱스토어에는 자잘한 이벤트가 있다.

제일 대표적인 것이 할인 행사이고, 그다음에는 일시적

으로 나타나는 상품이다.

다만 그 일시적으로 나타나는 시간이 하루가 될 수도 있고, 한 시간이 될 수 있다는 것이 문제다.

즉, 게임의 아이템으로 치자면 이벤트 기간에만 출몰하는 일종의 레어 아이템이라 부를 수 있다는 의미다.

"이봐요, 자오웨이. 이런 성가신 여자가 적인데 어떻게 일언반구도 없을 수 있습니까?"

지우는 짜증이 뒤섞인 목소리로 자오웨이를 힐난했다.

만약 사전에 정보를 들었다면, 그에 맞게 준비를 했을 터.

"어머, 죄송해요. 제가 잘못했네요. 진심을 다해 사죄드립니다."

자오웨이가 히죽하고 기분 나쁘게 웃었다.

"하지만 만약 이런 위험한 여자에 대해 말했다면 이곳에 오지 않고, 저에게 송곳니를 보였을지도 모르잖아요."

그녀가 핵심을 찔렀다.

"아마 지금쯤이면 그 여자에게 당신에 대한 정보도 이미 넘어갔겠죠. 이걸로 우리가 한 편이라는 걸 알렸으니, 절 배신할 수 없겠네요."

'성격은 배배 꼬이고, 음흉한 여자.'

역시 이 여자와 동맹은 그렇게까지 좋지 않다. 언젠가는 꼭 저 얼굴을 주먹으로 후려치자고 다짐하는 지우였다.

"알렉산드라의 힘은 대단했죠. 그녀가 손짓을 하자 제 부하들이 저에게 총알 세례를 퍼붓더군요. 악몽이었답니다."

자오웨는 상상만 해도 싫다는 얼굴이었다.

"잠깐, 왜 굳이 당신의 부하들을 조종한 겁니까? 당신이나 칭후에게 곧바로 사용하면…… 잠깐, 설마 제가 생각하는 그건 아니겠죠?"

머릿속에서 혹시 하는 가능성이 떠오르자 얼굴이 절로 굳었다. 그는 의자를 뒤로 빼고 언제든지 일어나서 도주할 준비를 끝맞췄다.

그런 지우의 모습에 자오웨가 걱정 말라는 듯, 검지를 치켜들고 좌우로 흔들어 안심시켰다.

"지금의 행동이 알렉산드라에게 딱히 조종당하는 건 아니니까 걱정 마세요. 보통 마음을 뺏기면 이지를 빼앗기니까요. 이렇게 자율적인 행동은 할 수 없어요."

"휴우, 다행이군요."

"게다가 알렉산드라의 능력이 같은 고객에게 통하긴 하지만 또 그렇게 바로 마음을 빼앗는 것도 아니고요."

"자세하게 설명해 줬으면 합니다."

"무공에 대해서 대충 아시는 것 같으니, 생략해서 말할 게요. 심법(心法)에 대해선 알고 있죠?"

"아아, 그런가요. 이해했습니다. 내공심법을 통해 정신 제어를 피할 수 있는 모양이군요."

단전에 기를 담을 그릇을 만들고, 또 기를 운용할 수 있는 법을 보통 내공심법으로 말한다.

하지만 이 내공심법은 단순히 기의 운용이나 무공을 쓰게 해 주는 것으로 끝나지 않는다. 내공심법은 곧 육체와 마음의 단련, 몸과 정신의 성장을 할 수 있게 해 주는 하나의 공부라 말할 수 있었다.

트랜센더스 만큼은 아니지만, 그래도 비슷하면서도 다르게 육체와 정신이 일반인보다 높다.

"알렉산드라의 정신조작이 저희에게 걸릴 경우에 시간이 걸려요. 하지만, 그렇다고 안심하면 안 돼요. 만약 알렉산드라를 혼자 마주치게 된다면……."

"정신조작에 당할 때는 나 역시 몸과 마음이 자유롭지 못한다는 의미입니까?"

"바로 그거죠."

시전자도 자유롭지 못하지만, 피시전자 역시 마찬가지다.

1년 전, 북경에서 자오웨는 알렉산드라에게 정신 침입을 받던 도중 다행히도 칭후가 그녀를 공격하여 마음을 빼앗기지 않을 수 있었다.

"만약 당신이 구입한 상품 중에 정신을 강화할 수 있는 것이 없다면 지금 당장 구입하시는 걸 추천 드려요. 그렇지 않으면 목소리를 듣는 것만으로 조종당할 테니까."

"그건 걱정하지 않아도 괜찮습니다."

트랜센더스는 일반인의 한계가 아니라, 아예 인간의 한계를 뛰어넘는다. 초월이라는 이름답게 그 힘은 막강하다.

"그 외에 힘은 무엇을 갖고 있습니까?"

"알 수 없어요. 북경에서의 만남에서는 정신조작 능력밖에 보여 주지 않았거든요."

자오웨는 유감이 묻어나는 눈으로 어깨를 으쓱였다.

"……."

지우는 손에 쥔 서류를 물끄러미 내려다보며 슥 훑어보며 잠시 생각에 잠겼다.

자오웨는 그 상념을 깨트리지 않고 얌전히 앉아 기다렸다.

"자오웨."

"네."

"단도직입적으로 묻겠습니다. 당신이 알렉산드라를 죽이려는 건, 개인적인 복수입니까 아니면 이익 때문입니까?"

아까부터 자오웨의 행동 중 신경 쓰이는 것이 있었다.

"왜 그런 질문을 하는 거죠?"

"……아까의 당신은 이곳 하얼빈에서 러시아 마피아 때문에 사업이 잘 되지 않는다고 말하며, 알렉산드라의 암살의 필요성을 말했습니다."

"흐응."

"하지만 북경의 일을 들어 보니 이익이 위해서가 아니라 이제는 꼭 개인적인 복수심 같다고 느껴지는데요."

"왜, 복수는 허무할 뿐이라고 조언이라도 할 생각이야?"

자오웨의 눈이 가늘게 떠진다. 부드럽고 여유 넘치는 눈빛도 섬뜩하게 변했다.

"아니. 알렉산드라와 싸우려면 필연적으로 너의 힘이 필요해. 만약 네가 그저 감정에 휩쓸려 이성적 판단을 못하고 있다면, 난 이 일에 낄 수 없어. 너무 위험하기 때문이지."

정지우는 자오웨를 좋아하지 않는다.

하지만 자오웨를 적으로도, 아군으로도 인정한다.

그 결정적인 요인이 바로 특유의 냉정함. 그리고 속을 알 수 없는 음흉한 암계와 여우 같은 심성이다.

비록 심성이나 인성은 썩 좋다고 할 수는 없지만, 적어도 동생보다는 나은 편이다. 동생은 감정적인 면이 많은 편이고, 또한 쓸데없는 명예나 철학을 중시하는 부분이 많다.

물론 그게 나쁘다는 것이 아니라, 다만 효율과 이득을 미치도록 중시하는 자신과 맞지 않다는 뜻이다.

"……하."

자오웨의 입가에서 바람 소리가 났다.

"하하하하하!"

그러곤 그녀는 목을 뒤로 젖히고 크게 웃었다. 방 내부가 떠나가도록 웃다가 어느 순간 웃음을 뚝 하고 그쳤다.

"좋은 판단이야, 위선자. 확실히 감정적이면 곤란하지. 칭후도 생각보다 빠르게 알렉산드라에게 지배당할 뻔했으니까."

"그럼?"

"굳이 알렉산드라의 죽음은 필요 없어. 내가 원하는 건 그녀가 나에게 위험이 안 되는 것……그리고."

그녀가 진한 미소를 그려내며 탐욕적인 눈동자에 지우를 담아냈다.

"하얼빈의 사업장을 모두 내 것으로 만드는 거야."

＊　　　＊　　　＊

"알렉산드라가 하얼빈에 나타나 러시아 마피아를 통합한 지 약 4년 정도된 것 같은데, 예나 지금이나 그건 굉장히 이례적인 일이죠."

남들의 시선에 끌리지 않도록 리무진에서 일반 차량으로 갈아탄 자오웨가 쌍안경으로 창문 바깥을 둘러보며 말했다.

"왜 이례적인 일입니까?"

"러시아 마피아, 일명 레드 마피아는 점조직이거든요. 다른 범죄조직과 다르게 서열이 없고 서로가 대등한 관계죠. 구소련을 떠올리면 쉽게 이해할 수 있어요."

일부 러시아 마피아 중에는 군대처럼 규율을 지키고 서열도 있다곤 하지만, 어디까지나 일부일 뿐. 대부분은 점조직으로 되어 있다.

"아아."

조직원 사이에 서열 개념이 희박하니, 다른 범죄조직처럼 상부를 조지면 괴멸되는 구도가 성립되지 않는다.

조직원들은 모두 평등한 관계이니, 거물급을 잡아도 딱

히 커다란 피해를 입히기 힘들다고 볼 수 있었다.

그렇기에 러시아 마피아는 동시에 대거로 검거하지 않는 이상 사라지지 않고 끈질긴 생명력을 자랑한다.

"알렉산드라가 하얼빈 일대의 레드 마피아를 통합한 인원은 약 천 명. 아, 숫자가 적다고 무시할 수는 없답니다. 저들은 불법 무기 거래를 오랫동안 해 왔고, 무장 헬기도 소유하고 있거든요."

"아무리 범죄조직이라 해도, 그렇게 나오면 중국 공안도 가만있지 않을 텐데요. 설마 그렇게까지 하겠습니까?"

"북경 한복판에서 총격전을 일으킨 장본인이 누굴까요?"

"끄응."

자오웨는 쌍안경을 내리고 창문을 닫았다.

"어차피 정신 조작의 힘을 지닌 이상, 도주에는 크게 문제가 되지 않아요. 군인이나 경찰들을 조작하면 그만이고, 또 바로 위에 러시아가 있으니 도주하는데 제격이죠."

"하아, 알고는 있었지만 정말 답이 없을 정도로 사기적인 상품을 소유하고 있어…… 저게 있으면 굳이 사업을 하지 않아도 부자가 될 수 있을 텐데."

그 힘의 무서움에 성가시고 짜증 나긴 하지만, 한편으로는 미치도록 부럽기도 했다.

저게 있다면 사업 등의 할 이유가 전혀 없다.

막말로 석유 재벌 등 세계적인 부호들에게 찾아가서 재산을 넘기라고 명령만 하면 역사상 최대의 부자가 될 수 있다.

저 힘은, 어쩌면 인간을 신으로 만들지도 모르는 힘이다.

"아뇨, 아마 그건 불가능할걸요?"

"왜 그렇게 생각합니까?"

"우리가 이용하는 앱스토어는 고객에게 상품을 더 많이 팔게 하려고 여러 가지 제약을 걸어 두잖아요. 정신조작으로 돈을 벌 수 있다면 다른 상품을 살 필요가 없으니까, 아마 돈에 관련된 명령은 하지 못할걸요."

"확실히⋯⋯."

"그리고 그게 가능했다면 굳이 러시아 마피아에서 불법적인 사업에 손을 댈 필요가 없죠."

"저 같아도 그럴 겁니다."

돈이 된다고 해도, 위험성이 너무 크니까 말이다.

"그나저나, 당신 동생이 어디 있는지 아까 리무진에 탑승했을 때 이야기해 준다고 하지 않았나요?"

그의 물음에 자오웨는 깜빡 잊은 사실을 떠올렸다는 듯

손뼉을 쳤다.

"아, 이런. 알렉산드라에 대해 말하다 보니 그만 깜빡 잊었네요. 지금은 상처를 입어서 치료를 받는 중이에요."

"알렉산드라에게 공격이라도 당한 겁니까?"

"아뇨, 아직 확정은 아니지만 어쩌면 그보다 더 성가시고 짜증 나는 일일지도 모르는 일이랍니다."

자오웨는 끙, 하고 앓는 소리를 내며 입술을 잘근잘근 깨물었다. 그녀의 눈썹도 보기 좋지 않게 휘었다.

"어젯밤, 제 남동생이 모종의 인물에게 습격을 받았어요. 헌데 그 모종의 인물이 알렉산드라가 아니라 다른 앱스토어의 고객일지도 모른다는 점이죠."

"뭐?"

그의 인상이 일그러진 건 두말할 것도 없었다.

*　　　*　　　*

시간을 되돌려서 어제에 있었던 일이다.

당시에 칭후는 무척 기분이 안 좋았다. 한국에 만났던 앱스토어의 고객, 싸울 가치가 없을 정도로의 인물이 이곳 하얼빈에 온다는 소식을 들었기 때문이다.

마음 같아선 꼴도 보기 싫었지만, 자오웨가 알렉산드라를 처리하고 하얼빈 일대의 세력을 흡수하기 위해서는 어쩔 수 없는 선택이라고 했기에 받아들일 수밖에 없었다.

물론 그렇다고 딱히 그를 인정했다거나 한 것은 아니다.

"저도 어차피 그 인간과 마지막까지 손을 잡을 생각은 없어요. 필요에 의하면 버리는 말이 될 수도 있으니, 그때가 되면 직접 죽이도록 하세요."

자오웨의 설득에 마지못해 넘어가기로 한 것뿐이다.

아무리 그 자신이 싫다고 해도, 하나밖에 남지 않은 소중한 가족이자 용호단주인 자오웨가 이렇게까지 말하니 거절하기에도 좀 무리가 있었다.

여하튼, 칭후는 이로 인해 생긴 스트레스를 풀기 위해서 달빛 한 점 보이지 않는 어둑어둑한 날에 바깥으로 나섰다.

레드 마피아의 조직원들을 소탕하면서 시간을 보낼 생각이었다.

물론 혼자 나가서 알렉산드라의 조직과 싸우는 건 무척 위험한 일이기에 감각을 예민하게 세우고 주변을 조심하면서 레드 마피아의 소탕에 힘쓰려 했다.

"그러니까 요약하자면 마피아 소탕은커녕 도중에 습격을 받아 치명상을 입고 도망쳤다는 말이로군."

범죄조직의 아지트 치곤 지나치게 화려한 대저택. 두 쌍둥이가 알렉산드라와 척을 지고 하얼빈의 방문 빈도가 늘면서 최근에 새로 구입한 별장이었다.

"……꺼져라."

킹 사이즈의 붉은색 매트 위에 누워 있는 칭후가 미동도 하지 않고 지우에게 축객령을 내렸다.

"물론 나도 너같은 마초 놈이랑은 조금도 있고 싶지 않아. 하지만 적에 대한 정보가 필요하니, 너만 괜찮다면 네가 얼마나 멍청하게 당했는지 경위 좀 알려줬으면 하는데."

"……자오웨. 이놈을 내 눈앞에 데려온 건 널 대신해서 죽여 달라는 의미로 받아도 괜찮은가?"

칭후는 지우의 도발에도 표정 하나 변하지 않은 채 무뚝뚝한 어조로 쌍둥이 누나에게 물었다.

확실히 목소리는 별다른 감정이 느껴지지 않았으나, 몸에서 진득한 살기가 느껴지는 걸 보면 생각보다 더 싫어하고 화가 난 듯했다.

"자자, 우린 당분간 한 팀이니까 서로 너무 싫어하지 마시고 친하게 지내도록 하세요. 그리고 칭후, 저를 위해서라도 고객으로 추정되는 적에 대해서 설명해 줬으면 해요."

"······후우."

슬슬 시스콘 의혹이 생길 정도로 누나에게 약한 칭후가 한 가지가 아니라 수만 가지 상념이 뒤섞인 한숨을 내쉬었다.

"······워낙 한순간에 일어난 일이라 잘은 모르지만, 아무래도 육체와 관련된 상품을 구입한 모양이다. 일단 내가 파악한 것만으로 괴력과 무식할 정도로 단단한 몸을 가지고 있다."

"근거는요?"

"방천화극으로 흉부를 찔렀는데 상처가 나기는커녕 깡 소리와 함께 튕겨 나갔으니까."

"끙."

마지막에 앓는 소리를 낸 건 지우였다.

그 역시 칭후가 싫은 건 마찬가지지만, 그래도 칭후의 무력이 대단하다는 건 직접 경험한 자신이 잘 알고 있었다.

솔직히 스피릿 소드로 반격하거나, 혹은 텔레포트로 회피하거나의 방법이 아니라면 방천화극에 찔려서 죽는다.

그런데 그걸 정통으로 맞고 도리어 튕겨 내다니, 어떤 상품인지는 모르나 위력이 상당하다.

"괴력은요?"

"주먹질 한 번에 콘크리트로 된 건물 벽에 구멍이 생겼으니, 굳이 더 이상 말하지 않아도 되겠지. 정면으로 맞지도 않았는데 이 꼴이다."

칭후는 미라처럼 붕대로 감은 상반신을 보였다.

마치 신이 조각한 건 아닐까 싶을 정도로 훌륭한 근육의 조형미를 지니고 있었으나 지금은 상처투성이다.

"하필이면 방심하던 때 치명상을 입어서 전투를 속행하지는 못했다. 미안하다."

칭후는 진심으로 분하다는 얼굴로 몸을 파르르 떨었다.

"저는 칭후가 무사한 것만으로 다행으로 여기니 너무 신경 쓰지 마세요."

쌍둥이 남매 사이에 훈훈한 분위기가 형성되자 지우도 이번만큼은 딱히 그를 비꼬거나 시비를 걸지 않았다.

"후우, 아무래도 태공망을 만나서 정보를 수집할 필요가 있겠네요. 큰 싸움을 앞에 뒀는데 정보가 너무 부족해요."

금액이 상당하긴 하지만, 자오웨는 알렉산드라와 싸움에도 정지우라는 비장의 카드를 준비하는 등 노력했다.

그런데 적으로 추정되는 새로운 고객이 나타났고, 만약 그 남자가 알렉산드라에게 붙어 있다면 정말 최악이다.

사실 정황상 보면 칭후를 습격한 자는 알렉산드라와 한

편일 확률이 높으니, 적으로 생각하고 그 무력에 대해서 조사할 필요가 있다.

"잠시 다녀올게요."

스마트폰은 꺼내 들며 밖으로 나간 자오웨는 중국 지점을 방문해, 중국의 관리자인 태공망에게 구입한 정보를 가지고 돌아왔다.

"그에 대한 신상과 지니고 있는 상품 등을 조사하는 데만 한화로 20억이 나가서 속이 아프네요."

관리자에게 볼일을 끝내고 돌아온 자오웨는 과연 구주방의 용호단주라는 이름에 걸맞은 모습을 보여 주었다.

저 모습을 보아니 왠지 모르게 그녀는 과거에 굳이 앱스토어를 이용하지 않아도 돈을 많이 벌었을 것 같았다.

"뭘 알아왔습니까?"

"직접 확인해 보세요."

자오웨가 대답 대신 서류를 건네줬다.

HSG(Hysterical strength glove)

– 구분: 장신구

– 상품을 구입해 주셔서 감사합니다.

– 직역하자면 '괴력 장갑'. 제작자가 얼마나 눈물 나는 네

이밍 센스를 가지고 있는지 알 수 있습니다.

– 이름에도 알 수 있다시피, 장갑을 착용할 경우 괴력을 발휘할 수 있습니다. 그 힘은 직접 확인해 보세요!

– HSG를 착용하고 괴력을 발휘해도 근육에 무리가 가지 않습니다. 그러니 마음 놓고 괴력을 자랑해 보세요.

– 장갑을 벗으면 괴력을 쓸 수 없는 것이 아쉽지만 그래도 그럭저럭 저가형으로 쓸 만한 상품입니다. 만약 돈이 별로 없는 가난한 고객분이시라면 추천헤드립니다.

– 가격: 13,000,000

윌 탱커즈(Will tankers)

– 구분: 속옷

– 상품을 구입해 주셔서 감사합니다.

– 오해하지 마십시오. 변태들을 위한 상품이 아니라, 탱커의 의지를 담은 숭고한 팬티입니다.

– 윌 탱커즈를 착용하면 그 육체를 강철이나 티타늄 수준으로 만들어줍니다. 만약 고객님께서 동료를 지키는 걸 좋아하거나 혹은 맞는 걸 좋아하는 변태라면 이 속옷의 구매를 적극 추천드립니다.

– 애석하게도 누가 입고 있던 속옷은 아닙니다. 괜한 상상

이나 기대는 하지 마세요.

　－ 속옷을 벗지 않는 이상 단단한 육체는 언제든지 유지됩니다. 그러나 반대로 벗는다면 그 힘을 잃게 됩니다.

　－ 세탁은 손세탁 요망!

　－ 가격: 25,000,000

"태공망에게 그가 지닌 상품에 대해 가르쳐 달라고 하더니 이것만 알려 주더군요."

"소유한 상품이 고작 두 개라…… 스펙도 그렇게까지 좋아 보이는 건 아닌데요."

HSG과 윌 탱커즈는 심플하고 쓸 만하지만, 엄청나다고 할 정도는 아니었다. 물론 그렇다고 안 좋다는 건 아니고, 나름대로 우수한 편에 속한다.

하지만 보통 이렇게 숨겨진 적이 등장하는 클리셰의 경우 보통은 굉장히 대단하고 강하다는 관념 때문에 왠지 모르게 실망(?)하는 기분이 들었다.

제9장

어쩌면 당신과 나는
좋은 친구가 됐을지도 몰라

　"와, 상품 하나 알아내는데 하나에 대충 10억 정도의 돈이 들어간 겁니까? 그쪽 관리자도 우리 관리자와 비교해도 지지 않을 만큼의 양아치네요."

　"아뇨, 제가 태공망에게 질문한 건 두 개예요. 다른 정보 또한 있답니다."

　"자오웨, 당신은 항상 중요한 사실을 뒤늦게 말하는 좋지 않은 습관을 가지고 있어요. 괜히 질질 끌고 무언가 숨기는 건 듣는 사람 입장에서 아주 짜증 나는 일입니다."

　지우의 볼멘소리에 자오웨가 후후후 하고 낮은 목소리로

웃으면서 또 하나의 정보를 밝혔다.

"세르게이 이바노비치 스미르노브, 전직 KGB요원, 러시아인, 고객 등급은 로우, 앱스토어의 고객에 오른 지는 아직 5일밖에 되지 않은 신입이랍니다."

"5일?"

설마하니 칭후를 습격하고 치명상을 입힌 범인이 아직 5일밖에 되지 않은 고객일 줄은 상상도 하지 못했다.

"저도 당신처럼 처음에 이걸 듣고 깜짝 놀랐답니다."

세르게이가 칭후를 습격한 경위를 들어보면 그는 분명 칭후가 앱스토어의 고객이라는 걸 알고 공격했다.

5일밖에 되지 않은 고객이라면 아직은 앱스토어에 대해 한참 파악하고 있을 때인데 벌써 이런 상품을 보고 베테랑인 마냥 타 고객에 대한 정보를 얻고 빼앗으려고 드는 건 굉장히 이례적인 일이었다.

"단순한 우연인가, 아니면……."

"우연인지 아닌지는 잡아서 족치면 나오겠죠. 그렇다고 너무 방심하지 마세요. 아무리 초짜라고 해도 칭후를 이 모양으로 만든 걸 보면 보통은 아닌 것 같으니까."

"명심하도록 하죠."

        *   *   *

세르게이는 과거에 소련의 첩보수사기관이었던 KGB의 요원이었으나, 지금은 막장을 치닫는 범죄조직인 레드 마피아로 전락하게 됐다.

냉전 당시, CIA 등 세계적으로 유명한 첩보기관 들 중에서도 손꼽히던 KGB의 요인이 임무 때문이 아니라 정말로 레드 마피아가 되다니, 우스운 일이다.

세르게이는 원래 소련 붕괴 이후, KGB가 붕괴되며 그 세력과 임무를 계승한 러시아 정부단체에 이직하려했다.

바로 FSB(Federalinaya Sluzhba Bezopasnosti:러시아 연방 정보국)와 SVR(Foreign Intelligence Service :해외정보국)이었는데, 애석하게도 세르게이는 이직은커녕 그들에 의해서 내쫓겼다.

가족이라곤 연을 끊은 지 오래였고, 직업을 잃고 정신을 차리자 오갈 데 없는 몸이 됐다.

여차여차한 사정으로 인해 러시아가 아닌 중국의 하얼빈까지 흘러들어왔고, 도심의 어둠 속에서 살아왔다.

하지만 불과 5일 전. 아침에 일어나니 자신의 스마트폰에 정말 이상하고 해괴한 앱이 설치되어 있었다.

"……해킹?"

전 KGB출신답게, 세르게이는 이 앱이 혹시 자신에게서 러시아나 구소련에 대한 정보를 훔치기 위한 고도의 공작은 아닐까 의심했다.

하지만 이내 세르게이는 쓰게 웃으면서 자신의 바보 같은 생각을 부정했다.

"애초에 여기까지 쫓겨난 건 딱히 알아서 안 될 비밀을 알고 있어서 그런 것도 아니니……."

세르게이는 별다른 생각 없이 제멋대로 설치된 앱을 확인하고, 실행했다. 그 이후에는 혹시 구소련이 숨겨 둔 무언가의 음모가 아닐까 할 정도로의 해괴한 현상이 벌어졌다.

— "사이코메트리 매니큐어(psychometry manicure)"가 발송되었습니다.

처음에는 질 나쁜 장난이라고 생각했다.

그저 장난으로, 호기심에 무료로 배송된다는 상품을 터치해서 확인했을 뿐이다. 그런데 이튿날, 문제의 매니큐어가 정말로 택배로 배달되어 오자 이야기가 달라졌다.

세르게이는 이 질 나쁜 장난에 기분이 나빴지만, 매니큐어를 버리지는 않았다.

정보요원이었던 만큼, 그는 남들에 비해 호기심이 많은 편에 속했기 때문이었다.

대체 누가 이런 걸 하고 있는지, 또 자신의 주소는 어떻게 알고 보냈는지 확인하고 싶었다.

또한 과한 생각이기도 하지만 혹시 이 행위가 모두 소련에 연관된 인물들이나 혹은 러시아 정부가 한 짓일지도 모른다는 생각이 들기도 하여 무척이나 신경 쓰였다.

"색이 생각보다 아름다운데…… 장난치곤 너무 공을 들였어."

사이코메트리 매니큐어는 외형상으로 보자면 시중에 파는 매니큐어와 별다를 것 없는 모습이었다.

그러나 유리병 안에서 출렁이는 액체는 사람의 넋을 잃게 만들 만큼 영롱한 색으로 빛나고 있었다.

"내 스스로 이걸 바르고 있다니, 정말 미치기라도 한 모양이야."

40대가 코앞이며 국제적으로 마초적인 경향이 큰 러시아 남성이 스스로 매니큐어를 바르는 광경은 제법 희귀했다.

세르게이도 그게 얼마나 우스운 꼴인지 알고 있었기에 일부러 사람들이 없는 장소에서 사용했다.

"무, 무슨!"

사이코메트리 매니큐어는, 그 이름에도 알 수 있다시피 사용자가 사이코메트리 능력을 사용할 수 있게 한다.

여기서 말하는 사이코메트리란 대게 물건을 손으로 만지거나 이마 앞에 대서 그 물건을 만졌던 사람에 대한 정보를 얻을 수 있는 초능력을 말한다.

이후, 세르게이는 이 신비한 상품을 쓰고도 믿기지 않아 몇 번이나 사용했고, 얼마 지나지 않아서 KGB 시절에도 알 수 없었던 비이상적인 세계에 알게 됐다.

"알렉산드라. 당신이 내게 이런 장난을 친거요?"

"……?"

세르게이가 알렉산드라에 대해서 알게 된 건 우연이었다.

아니, 사실 우연이라고 딱히 할 것도 없었다.

하얼빈으로 이주를 온 뒤, 레드 마피아에 소속되어 도시의 어둠 속에서 살아왔으니 알렉산드라를 모를 리 없었다.

솔직히 그렇게까지 친하거나 하지는 않았다.

세르게이도 이름만 알았을 뿐이고, 그는 레드 마피아에

특별히 무슨 목적이 있어서 들어온 게 아니라 적당히 밥이라도 벌어먹으려고 소속되었을 뿐이다.

실제로 레드 마피아와 구주방의 전쟁에도 웬만하면 몸을 피신하기 급급했는데, 다행히 KGB 시절의 특기를 살려 적당히 은신하고 적당히 살아가는 데는 아주 이골이 났다.

어쨌거나, 레드 마피아로서 다니던 세르게이는 우연찮게 알렉산드라가 만진 물건을 만지게 됐고 그녀가 자신과 같은 고객이라는 걸 알게 됐다.

"대체 이 앱의 정체는 뭐요? 당신은 알고 있소?"

"호오."

알렉산드라는 크게 관심도 없었던 레드 마피아의 조직원 중 한 명이 앱스토어의 고객이 되어 오자 흥미를 느꼈다.

이후, 알렉산드라는 세르게이에게 앱스토어에 대하여 대략적인 정보를 가르쳐 주었다.

정보의 중요성이 얼마나 중요한지 누구보다 잘 알고 있는 세르게이에게 있어선 무척 고마운 일이었다.

"친절을 베풀어 줘서 고맙소. 나한테 이렇게까지 해 주는 이유가 뭐요?"

"의뢰."

알렉산드라는 결코 보상 없는 친절을 베푼 것이 아니었다.

그녀는 세르게이에게 기초적인 정보 제공과 더불어, 두 가지 상품을 대신 사 주는 것으로 조건을 세웠다.

앞으로 며칠 뒤에 중국의 범죄조직 출신의 고객들과 싸움이 일어날지도 모르니 도와 달라는 요구였다.

"그 정도야 어렵지 않으니 돕겠소."

세르게이는 생각보다 빨리 현실을 받아들였다.

비록 지금은 직장에서 잘렸으나, KGB는 한때 최고로 손꼽히는 정보기관이었다. 비록 상층부에 속하지는 않았으나 요원으로 뽑힌 세르게이는 나름대로 엘리트였다.

머리의 회전도 빠르고, 순응하는 능력도 뛰어났다.

여전히 믿기지 않긴 해도 온몸으로 느낀 비정상적인 일을 더 이상 의심하지 않고 받아들이기로 했다.

또한 알렉산드라의 의뢰도 특별히 거리낌 없었다.

요원으로 활동하던 세르게이는 살인이 필요할 때라면 얼마든지 했다. 그런 걸로 죄책감을 느끼고 괴로워했다간 KGB에 들어가는 것이 거의 불가능하다.

그래서 알렉산드라가 보내준 돈으로 대신 구매한 HSG와 월 탱커즈로 무장한 채 칭후를 습격하여 성공했다.

이게 불과 5일 동안 겪은 세르게이의 기억이었다.

　　　　　　*　　　*　　　*

"후우, 외국에서 이렇게 첩보물 비스름한 행동을 하고 있다니……."

이곳 하얼빈이 중국의 땅이 된지도 어언 반세기가 넘었 거늘 아직도 일부 지역에는 러시아의 분위기가 남아 있다.

일명 러시아 거리라도 불리기도 하는 이 거리는 직선거 리가 약 1.4km이며, 차량 통행을 금지한 보행자 거리다.

타 지방에서 온 중국인뿐만 아니라, 세계 각국에서 온 여 행자들로 북적거렸으며 러시아인과 더불어 중국과의 혼혈 인들도 제법 눈에 밟혔다.

"Как насчет выпить?"

"Подожди, ища время, чтобы у видеть в Интернете."

'술 한 잔 어때?'

'잠깐만, 인터넷으로 한 번 검색해 보고.'

관광객으로 보이는 러시아인들의 대화가 머릿속에서 자 동으로 번역됐다.

알렉산드라와 세르게이가 한편인지는 알 수 없지만, 동 맹이건 아니건 간에 그 둘과 싸우는 건 필연이다.

칭후를 습격한 이상, 그의 동맹으로서 그냥 넘어갈 수는 없으니까 말이다.

이에 지우는 나중에 언어 소통을 위해서라도 앱스토어를 통해 러시아어를 내장한 알약을 구입했다.

　　러불사(러시아에서는 불곰 언어를 사용합니다)!

　　-구분: 기타, 소비

　　-상품을 구입해 주서서 감사합니다.

　　-불곰국이라 불리는 러시아의 언어를 보면 이게 당최 뭔 뜻인지 도저히 이해하기가 힘듭니다. 그래서 준비했습니다.

　　-관광을 갔다가 스킨헤드를 만날까 봐 걱정이신가요? 그럴 땐 능통한 러시아어를 통해 러시아를 칭송해봅시다. 어쩌면 그들이 당신에게 총알 세례를 퍼붓지 않을 수도 있으니까요.

　　-제작자가 아이디어가 떨어졌는지 의심이 될 만큼 우려 먹는 알약 형태의 상품 중 하나이기도 합니다.

　　-알약을 복용하시면 러시아어를 습득, 사용할 수 있습니다. 글을 쓸 수 있는 것은 물론이고 읽는 것 역시 문제없습니다. 일단 복용만 하시면 이해할 수 있을 겁니다.

　　-우라!

－추신. 본 상품을 복용하면 불곰과 대화가 가능합니다.

－가격: 100,000,000

'정말로 불곰과 대화할 수 있을까······.'

터무니없는 소리긴 해도 앱스토어에서 파는 상품이다 보니 저 마지막 줄이 괜히 신경이 쓰이는 지우였다.

"러시아인은 불곰과 대화가 가능하다는데, 어떻게 생각하지?"

러시아거리 한편에는 꼬치골목이라 하여 하얼빈에 오면 꼭 찾는 관광 명소 중 하나가 있다.

꼬치골목의 구조를 살짝 살펴보자면 아주 간단하다. 벽을 등진 상인들이 양옆에 서서 노점 형태로 장사를 한다.

또한 골목의 정중앙에는 구입한 꼬치를 먹으면서 수다를 떨 수 있도록 자리가 마련되어 있는데, 대부분 사람들은 먹거리와 맥주를 사서 여기에 앉아 풍류를 즐겼다.

지우 역시 양고기 꼬치를 한 움큼 베어 물으며 한 남자의 맞은편에 앉아서 때아닌 풍류를 즐기고 있었다.

"죽고 싶지 않다면 당장 꺼져."

전갈 꼬치를 신기한 듯이 구경하고 있는 세르게이를 대신하여 레드 마피아의 조직원이 지우에게 경고했다.

"아니, 그냥 놔두게. 설마 중국인 중에서 내 모국의 언어를 이렇게까지 능통한 사람이 있을 줄은…….."

세르게이는 고심한 끝에 손에 쥔 전갈꼬치의 전갈을 베어 물며 지우에게 흥미를 보였다. 외국인이 이렇게까지 러시아어를 잘하는 경우도 드물다.

"Oh, My, God……."

전갈을 입 안에 털어 넣고 잘도 우적우적 씹어 먹는 세르게이를 보고 맞은편에 앉은 지우는 서양인 특유의 이조로 OMG를 내뱉은 뒤에 할 말을 잃었다.

"전갈이라고 해서 무슨 맛일까 궁금했는데, 그저 그렇군. 중국인들은 이런 걸 대체 왜 만들어서 파는 겐가?"

"미안하지만 난 중국인이 아니라 한국인이야."

"이런, 내가 실수를 했군그래. 하지만 우리 입장에서 동양인은 어떤 국적을 가지고 있는지 전혀 판독할 수 없으니까 부디 이해해 주게."

세르게이는 뒤에 서 있는 조직원에게 눈짓을 보내며 무언가를 요구했다.

그러자 조직원은 미리 준비해 둔 하얼빈 맥주를 두 캔 꺼내 식탁 위에 올려 뒀다.

"사죄의 뜻으로 주는 거니 한 잔 마시게."

"술은 잘 먹지 않는 주의라서."

"맥주가 술이라니, 제법 재미있는 농담이었네."

맥주로 목을 축인 세르게이가 입꼬리를 미미하게 올려 웃었다.

웃음이 인색하기로 알려진 러시아인이 누가 보는 앞에서 웃는다는 건, 그만큼 농담에 재미를 느꼈다는 의미다.

'러시아인은 술에 민족이라고 하더니만……..'

참고로 세르게이가 한 말은 결코 농담이 아니다. 그는 진심으로 맥주를 술로 생각하고 있지 않았다.

러시아는 술에 대한 개념이 무척 대인배였는데, 무려 2011년 당시까지만 해도 맥주는 음료수로 분류되었다.

심지어 러시아에는 어떤 맥주와 유사한 러시아 전통 술이 있다는데, 이것의 경우 알코올 도수가 맥주의 절반 정도 되는 술인데도 불구하고도 러시아인들은 어린 시절부터 즐겨 마시며 술로 취급하지 않는다는 일화가 있다.

"그런데, 무슨 일로 이 자리에 앉은 건지 설명해 줄 수 있나? 솔직히 말해서 이 자리는 쉽게 동석할 수 없을 텐데."

세르게이는 레드 마피아 조직원 네 명과 동행하고 있었다. 마피아 대부분이 응당 그렇듯 생김새와 분위기가 보통이 아니기에 쉽게 접근할 수 없다.

그 증거로 세르게이의 앞뒤에 있는 식탁에는 사람이 아무도 앉아 있지 않았다.

또한 꼬치골목은 사람들로 인산인해를 이루고 있어 북적거렸으나 세르게이와 레드 마피아 조직원들에게 심상치 않은 분위기를 느낀 관광객들은 겁먹은 표정으로 그 자리를 슬며시 피해갔다.

"그냥, 웬지 모르게 앉고 싶어서 그랬어."

세르게이의 물음에 지우는 양고기를 모두 베어 먹은 꼬치를 무심한 눈길로 살펴보며 답했다.

"것 참, 솔직하지 못한 친구군."

꼬치를 식탁 위에 내려둔 세르게이가 유감스러운 얼굴로 계속해서 말을 잇는다.

"거짓말에 제법 소질이 있는 모양인데, 애석하게도 내가 한때 그 비슷한 일을 하는 사람이었거든. 그래서 진실과 거짓 유무에 대해선 생각보다 잘 알고 있네."

"허 참, 증거 있소? 증거를 보이란 말이야! 증거를!"

말투가 격하긴 했으나, 지우의 어조는 어색한 연기를 하는 신인 배우 마냥 목소리 톤 하나 높이지 않고 무덤덤했다.

"방금 전에 알렉산드라에게서 '자오웨가 정체 모를 한국인을 데려왔으니 유의해라.' 라는 연락이 왔기 때문일세."

세르게이는 한 손으로 턱을 괴고, 한 손으로는 맥주캔을 들고 지나가듯이 무심하게 말했다.

그 말에 반응한 건 지우 본인이 아니라, 곁에 있던 레드 마피아 조직원들이었다. 그들은 눈을 가늘게 뜨고 세르게이의 맞은편에 앉아 있는 지우를 예의 주시했다.

"연락 온 지 얼마 되지도 않았는데 한국인이 딱 봐도 마피아 조직원들이 있는 자리에 앉은 건 너무 공교롭지 않나."

"의심스럽지만 단순한 우연일지도 모르는 일이지."

"이봐, 한국인. 뭔가 숨기려면 좀 더 티를 내지 않고 자연스러운 모습을 보이지 그래."

이 한국인은 '내가 바로 그 한국인이다.' 라면서 딱 봐도 수상한 티를 풀풀 내고 있다.

게다가 지금 대화를 하면서 이자가 농담을 하는 건지, 아닌 건지 어이없을 정도로 뻔뻔한 모습을 보이고 있었다.

"아니, 설사 그녀의 연락이 없더라도 난 자네가 나와 같은 부류란 걸 깨달았을 거야."

세르게이는 턱을 괸 손을 제자리로 돌려놓았다.

"이건 일종의 직업병인데, 나는 자네와 같이 수상한 사람은 아주 잘 파악할 수 있거든. 특히 그 눈을 보면 잘 알지."

세르게이는 말을 잠시 멈추고 맥주로 목을 축이면서 호수같이 잔잔한 눈으로 지우와 똑바로 마주 봤다.

"그 눈을 보아하니 사람을 죽여 본 경험도 있는 것 같고, 그렇다고 살인에 죄책감에 괴로워하고 있는 것도 아니야."

분위기가 심상치 않게 돌아가자 네 명의 조직원 얼굴에는 긴장감이 묻어났다. 그들은 당장이라도 총을 꺼낼 수 있도록 손을 스멀스멀, 느릿하게 움직였다.

"그렇다고 정신병자도 아닌 모양이고…… 어딜 봐도 나나 알렉산드라와 비슷한 부류."

"와, 엄한 사람 똑같이 나쁜 놈이라고 생각하시네. 아무래도 작은 고추의 매운 맛을 봐야 정신 차리시지."

"요 5일 동안은 정말 믿기지 않는 일의 연속일세. 앱스토어도 그렇고, 알렉산드라도 그렇고, 그리고 비밀 속에 숨겨진 고객들끼리의 전쟁이라니……."

꼭 소설 속에 나오는 인물이 된 기분이다.

"난 말일세, 내가 스스로 말하기에는 좀 그렇지만 참으로 기구한 인생을 살았어."

"기구한 인생?"

"국가를 위해서 평생을 받치고 살아왔네. 심지어 아내가 외로움으로 내 침대 위에서 다른 남자와 뒹굴고, 내 아들과 딸을 데리고 야반도주했는데도 열심히 일해 왔지."

비밀 유지가 중요한 첩보기관 특성상, 어쩔 수 없이 가족들에게도 직업에 대해서 말해 줄 수 없었다.

게다가 직업이 직업이다 보니, 너무 바빴다. 외국으로 출장도 자주 나가고 업무가 너무 많아 집에 가기도 힘들었다.

덕분에 아내는 다른 남자와 사랑에 빠졌고, 자식들은 바람난 남자를 보고 아버지라 부르게 됐다.

"그렇다고 날 버리고 간 가족들의 행동이 슬프고 씁쓸하긴 했지만 딱히 분노하거나 하지는 않아. 왜냐하면 그럴 수도 있었다고, 이해하게 됐으니까."

"나라면 정신이 무너지고도 충분히 남을 일이네."

가족이 전부인 자신에게 있어 가족들이 떠나간다는 건 상상만 해도 끔찍한 일이다.

"하지만 정말로 좌절하고 절망했던 건, 평생을 쏟은 국가와 직장에서 날 거절하고 내쫓았을 때라네."

"어째서?"

"글쎄……스킨헤드가 된 아들 때문일까, 아니면 마약중

독자가 된 딸 때문일까? 아마도 도망친 아내가 새 남편의 영향으로 인해 반정부주의자가 됐다는 요인이 컸겠지."

아무리 전직 KGB 요원이었고, 전 부인과 이혼하고 가족들과 연이 끊어졌다 해도 이걸 가볍게 넘길 수는 없었다.

특히 소련 해체 이후 KGB를 FSB, SVR가 승계를 받으면서 대대적인 요원 정리가 있었다.

러시아 정부는 새로 시작하는 마음으로 우수한 자들을 남기고, 부적질한 요인을 지닌 이들은 모두 내쫓았다.

사실 굳이 정부의 선택이 아니더라도 가족들 모두 하나도 빠짐없이 이런 상황이라면 정부의 요원으로·있기도 힘들다.

특히 아내가 반정부주의자일 경우, 러시아 정부 입장에선 전직 KGB요원이 아내에 대한 그리움과 사랑 때문에 정부와 관련된 기밀을 몰래 넘길 수도 있는 불안을 가질 수 있다.

"정부에게 내쫓기고, 오갈 곳 없던 나는 이리저리 떠돌다가 어쩌다가 레드 마피아에 흘러들어왔네. 그리고 5일 전에 앱스토어와 마주치게 됐으며, 알렉산드라가 날 도와줬지. 은혜를 입었어."

"그런가…… 확실히 기구한 인생이네."

세르게이의 과거를 듣고 든 기분은 그 이상 그 이하도 아니었다. 딱 거기까지다.

한국의 고객이었던 백고천도, 양추선도, 김효준도 모두 기구하고 절망적인 삶을 살았다.

하지만 그렇다고 그들이 행하는 범죄가 모두 용서받는 건 아니다. 동정할 생각도 없다.

"게다가 더 웃긴 건, 레드 마피아에 들어온 이후 온갖 불법으로 벌어들인 돈으로 아들과 딸에게 몰래 생활비를 보내주고 있다는 점이지. 내 자식들은 내 이름을 기억이라고 할까?"

세르게이는 전직 KGB요원으로서 국가와 국민을 위해 희생하고 열심히 일 해 왔다. 하지만 그렇다고 지금의 악행이 용서받는 건 아니다.

마약을 밀매하고 유통한다는 건, 남의 인생을 파괴한다는 것이다. 그건 어떤 경우에도 용서받을 수 없는 행위다.

마찬가지로 매춘이나 무기밀매도, 마약에 밀리지 않는 엄연히 범죄다.

'내가 말할 입장은 아니지만…….'

지우 자신도 앱스토어를 만난 이후에 조금씩, 아니 제법 많이 변하고 있다는 걸 인식하고 있다.

가족과 자신에게 위협이 되면 살인을 주저 없이 하며, 또한 이익이 된다면 뇌물을 받거나 뇌물을 주기도 한다.

최근 협박을 통해 매수한 하우쉔만 해도 알 수 있다.

"확실히, 우린 같은 부류야."

정지우는 생각한다.

만약 죽게 된다면, 자신은 분명히 지옥에 간다.

설사 이일을 그만두고 평생을 속죄한다 해도, 설사 종교에 기대고 개과천선해도 그건 결코 변하지 않는 사실이라는 확신이 들었다.

"왜 나에게 당신의 이야기를 하는 거지?"

정지우가 세르게이에게 묻는다.

"내 아들이 딱 자네만한 나이거든."

"미안해."

"뭘?"

"아마 내가 당신을 이혼한 아내와, 자식들을 보지 못하게 할 테니까."

"그런가……."

세르게이는 나름대로 예상했다는 듯 입맛을 다시며 중얼거렸다.

"살려달라고 해도 날 놓아주지 않을 생각인가?"

"어쩌면 당신과 나는 좋은 친구가 됐을지도 몰라."

지우는 손에 쥔 꼬치를 빙글, 하고 돌렸다.

"하지만 지금은 아니야."

세르게이의 곁에 선 조직원들이 재킷 안주머니로 손을 찔러 넣어 무언가를 쥐었다.

"앞으로도 아니지."

그 말을 끝으로 주변에도 드디어 반응이 보였다.

비록 벌떼같이 몰린 사람들의 말소리 때문에 두 사람의 대화는 묻혔지만, 그 심각한 분위기에 반응했다.

"그건 당신이 생각보다 좋은 사람이기 때문이야. 빚을 지게 된 사람을 배신할 성격은 아닌 것 같으니까."

"알렉산드라와 서로간의 이익이 맞을지도 모를 텐데."

세르게이가 아쉬운 표정으로 가능성을 꺼냈다.

"그렇지. 어쩌면 알렉산드라와 만나서 대화를 해 보면 그럴지도 몰라. 그녀도 이익을 쫓는 여자라면 네 말에도 일리가 있어. 아마 높은 확률로 손을 잡을지도 몰라."

"그럼 그렇게 하지 되지 않은가?"

"하지만 적으로 돌변하면 당신의 존재는 너무 위험해. 정확히는 알렉산드라가 지닌 힘 때문에 한 명이라도 고객이 처리되는 것이 좋지. 그게 지금의 내가 내린 판단이야."

"이 개자식!"

레드 마피아의 험한 욕설이 튀어나왔다.

네 사람 중 두 사람은 세르게이를 붙잡고 황급히 뒤로 후퇴했으며, 나머지 둘이 지우의 뒤쪽에서 권총을 겨눴다.

"유감이야, 세르게이 이바노비치 스미르노브."

뒤를 돌아보지도 않고 손에 쥔 꼬치를 후방으로 날린다. 전력을 다해서 날린 나무꼬챙이는 섬뜩한 파공성을 내면서 레드 마피아의 목젖을 꿰뚫었다.

"꺼허어억!"

제10장

세르게이 이바노비치
스미르노브

　레드 마피아의 목에 나무꼬챙이가 지나가고 구멍이 생겼
고, 얼마 지나지 않아 핏줄기가 뿜어져 나왔다.

　"끅!"

　레드 마피아는 꺽꺽하고 피거품을 내면서 목덜미를 부여
잡고 뒤로 벌러덩 넘어졌다.

　"이런 젠……."

　바로 옆에서 동료가 죽었지만, 근처에 있던 레드 마피아
는 어떠한 정신적인 충격도 받지 않았다.

　원래 마피아에게 죽음이란 희귀한 현상이 아니다. 그들

의 목숨은 때로 가축보다 더 못한 취급을 받으며 사라진다.

가족이나 친지의 죽음이라면 모를까, 동료의 죽음에는 그들도 익숙한 편이다.

"······장!"

젠장이라는 두 단어를 완성한 순간 바로 옆에 있던 조직원이 권총을 지우에게 겨눠 방아쇠를 당겼다.

타앙!

총신에서 불꽃과 함께 탄환이 뿜어져 나왔다.

'텔레포트.'

방송 채널이 바뀌는 것처럼 눈앞의 시야가 바뀐다.

두 명의 레드 마피아에게 호위를 받아 뒤로 물러나던 세르게이의 모습이 껌뻑하고 점멸되며 권총을 쥐고 있는 레드 마피아의 등이 보이는 광경으로 바뀌었다.

"대체 무슨······!"

"쏴!"

세르게이를 호위하던 두 명의 레드 마피아는 목표가 갑작스레 모습을 감추고 동료의 뒤에서 나타나자 당황했으나, 공격을 주저하지 않았다.

그들은 권총을 지우 쪽으로 겨누고 방아쇠를 당겼다.

탕! 탕!

"꺄아아악!"

"우아악!"

두 번의 총성이 꼬치 골목 안에서 시끄럽게 퍼지자 여기저기서 일반인들의 비명 소리가 터져 나왔다.

'총은 위험해.'

지우는 몸을 앞으로 숙이고 전방을 향해 미끄러지듯이 움직였다. 인간의 한계를 초월한 속도를 자랑하는 움직임은 총알의 궤도에서 벗어날 수 있게 해 줬다.

두 발의 탄환을 피해 낸 지우는 그대로 몸을 자신 쪽으로 돌리려는 레드 마피아의 등허리를 향해 힘껏 앞발차기를 날렸다.

"끄아악!"

레드 마피아는 척추 뼈가 부러지는 고통에 비명을 토해 냈다. 게다가 자유를 빼앗긴 몸은 마음대로 앞으로 날아가서 다른 동료에게 화려한 충돌을 해 버렸다.

'금무지류(金武指流).'

몸 내부에서 뇌력을 끌어 올려 엄지와 중지에 모은다.

그리고 세르게이의 마지막 호위를 노려 손가락을 튕겼다.

'탄지공(彈指功).'

빠지직!

손가락에서 튕겨 나간 뇌력을 담은 기탄(氣彈)은 퍼렇게 빛나는 스파크와 함께 깨끗한 직선을 그려내며 남은 레드 마피아의 심장 부근을 정확하게 강타했다.

"꺼헉!"

숨이 턱 막힐 만큼의 고통에 레드 마피아는 정신이 블랙 아웃되며 그 자리에서 볼품없이 쓰러졌다.

"꺄아아아악!"

"도망쳐!"

한편, 주변은 보통 난리가 아니었다.

평화로운 한때를 벌이고 있는데, 갑자기 총성과 함께 사람이 죽거나 하니 다들 잔뜩 겁을 먹었다.

중국에서 총기 사고가 아주 안 일어나는 건 아니었지만, 그래도 미국처럼 흔한 일은 아니다.

그러다 보니 사람들이 일으킨 혼란은 보통이 아니었다.

"아아악!"

허나 웃기게도 꼬치 골목에 있던 사람들은 총알에 직접적으로 맞은 것도 아닌데 많은 피해를 입게 됐다.

인구는 많은데 별로 넓지도 않은 꼬치 골목에서 공황 상태에 빠져 마구잡이로 도망치려다보니 서로 부딪치거나 넘어진 사람들을 밟고 지나가는 등 사고가 발생했다.

"우라아아아!"

러시아인 특유의 함성을 힘껏 내지른 세르게이는 불곰처럼 돌격해와 주먹을 아래에서 위를 향해 어퍼컷을 날렸다.

'HSG!'

자오웨가 넘겨준 정보를 떠올린 그는 치명상을 피하기 위해서 팔을 'x'자로 교차해 방어 자세를 취했다.

쿠와아아앙!

세르게이의 주먹이 팔에 닿자 마치 세상이 무너진 것처럼 굉음이 터졌다. 아니, 굉음뿐만이 아니다.

팔에 전해져오는 파괴력도 보통이 아니었다.

트랜센더스로 분명 육체의 한계가 인간을 뛰어넘었는데도 불구하고, 세르게이에게 어퍼컷 한 방을 맞자 몸이 붕 뜨며 수직으로 솟구쳤다.

'크으윽!'

참고로 하얼빈의 꼬치골목은 돔 형태로 되어 있어, 천장이 개방되어 있지 않다.

그 때문에 허공으로 떠오른 지우의 몸은 로켓 마냥 그대로 위로 쭉 올라가더니 기어코 천장을 박살 냈고, 구멍이

나면서 생긴 잔해 더미는 아래로 추락해 도망치던 많은 사람들 위에 떨어졌다.

'젠장, 저가형 상품 주제에 뭐 저따위로 강해!'

천장을 뚫고 날아간 지우의 몸은 중력의 법칙으로 인해 바닥으로 떨어지면서 물수제비마냥 화강암 블록에 두세 번 정도 크게 부딪치고 거리의 가게 중 하나에 처박혔다.

"꺄아아아악!"

가게에 있던 점원과 손님들이 공포로 질린 비명을 내지르며 바깥으로 도망쳤다.

먼지구름 사이에 껴서 벽에 처박힌 지우는 콜록 콜록 하고 피가 뒤섞인 침을 내뱉었다.

"쌍, 겨우 1,300만 원짜리 주제에!"

세르게이를 결코 우습게 본 것은 아니다.

아무리 방심을 했다곤 하나, 자신과 비슷한 무력을 지닌 칭후를 습격하는데 성공하고 도망쳤으니 나름대로 약하진 않을 것이라 생각했다.

하지만 세르게이는 고객이 된 지 고작 5일 밖에 되지 않았으며, 보유한 상품 또한 저가형인지라 마음 한편으로는 목숨까진 위험하지 않을 것이라 생각했다.

허나 그것은 크나큰 방심이자 오산.

괴력을 낼 수 있는 상품, HSG는 가성비만큼은 최고다, 라고 말할 수 있을 만큼 그 성능을 자랑했다.

"게다가 이런 대로 한복판에서 난리를 피우다니. 내 정신을 흐트러지게 만들 생각이었다면 아주 탁월한 선택이야."

해가 저물 무렵도 아니라 해가 중천에 떠 있는 대낮.

게다가 사람이 이렇게나 많은 관광지에서 대놓고 상식과 벗어난 일을 저지른 만큼 성가신 일이 또 없다.

"후우."

한숨을 푹 내쉰 그는 자리에서 일어나 엉망진창이 된 재킷을 벗어던지고 넥타이 또한 풀어헤쳤다.

"A.A가 있어서 망정이지, 만약 없었더라면 가면이라도 구해서 써야했을 거야."

역시 이 순간 제일 신경 쓰이는 것은 세르게이보다 그와의 싸움이 촬영될 사진이나 동영상 등이다.

가족들은 앱스토어에 대해서 모르며, 또 가르쳐 줄 생각조차도 없기 때문에 혹시라도 들키면 위험하다.

아니, 가족이고 자시고 간에 일단 영화에서나 나올 법한 이런 비현실적인 순간이 찍혀서 세계로 퍼지고 영상 확인 결과 합성이 아니라는 것이 알려진다면 매우 곤란하다.

그래서 지우는 세르게이와 만나기 전 미리 A.A를 설정하고 자동으로 알리바이 조작이 되도록 만들었다.

게다가 자오웨 역시도 앱스토어에 대한 것을 밝히고 싶어 하지 않았기에, 그녀 역시 상품의 힘과 더불어 구주방의 힘으로 오늘 있는 일을 조작해 둔다고 말했다.

알렉산드라도 마찬가지일 테니, 자신의 정체가 가족이나 전 세계에 알려지는 걸 딱히 걱정할 필요는 없다.

'남의 신경은 딱히 신경 쓸 필요는 없어. 그러니 전력으로 싸운다.'

남들보다 몇 배나 좋은 시력을 가진 눈동자를 굴려 주변을 샅샅이 뒤진다. 아니, 시각뿐만 아니라 청각과 후각 등 오감 전체를 지원해서 세르게이의 공격에 대비했다.

'이제부터 정신을 바짝 차리자. 그래도 생각보다 강한 세르게이에 나름대로 대비를 해서 천만다행이야.'

고객과의 싸움은 언제나 위험천만하고 무시무시하다.

백고천은 운 좋게 전투 능력이 거의 전무했지만, 양추선과 김효준. 그리고 자오웨와 칭후는 달랐다.

이 네 사람 때문에 지우가 지닌 경각심은 무척 커졌으며, 이후 전투에 관련된 상품도 나름대로 눈여겨보고 주문을 해서 보강하기도 했다.

텔레포트(Teleport)

　– 구분(區分) : 초능력(超能力)

　– 상품을 구입해 주셔서 감사합니다.

　– 본 상품은 이미 추가적으로 세 번 구매하셨습니다. 기초적인 설명은 제외됩니다.

　– 만약을 위해 설명서를 잃어버리신 멍청한 분들을 생각하여 설명서를 별도로 판매하고 있습니다. 혹여나 기억이 나시지 않으시면 따로 설명서를 구매해 주세요!

　– 반경 200미터, 재사용 시간 20초.

　– 이제 접촉시라는 조건 하에 본인 외 타인과 이동이 가능해졌습니다. 그러나 동반 인원인 한 명뿐입니다.

　– 본 상품은 중복된 상품을 구입할 수 있습니다. 단, 타인에게 양도가 불가능하며 구입 시에 기존의 능력이 진화하는 강화형 상품입니다. 강화 시에 능력 제한이 해제되며 부가적인 능력도 추가되니 참조 바랍니다.

　– 가격 : 50,000,000

　텔레포트는 원래부터 중복으로 상품 구입이 가능한 강화형 상품이었다.

총 세 번 추가 구매를 하니, 예전과 다르게 50미터 제한이 200미터로 늘고 재사용 시간은 1분에서 20초로 줄었다.

게다가 타인과 함께 이동도 가능해지는 등 특수 기능도 생겼다.

참고로 텔레포트의 가격은 원래 5,000만 원. 세 번 더 구입했으니 이 상품에는 총 2억이 소비됐다.

'저쪽.'

바깥으로 나오니 혼란에 빠진 사람들 틈에서 홀로 느긋하게 걸어오고 있는 세르게이가 보인다.

지우는 그대로 발을 굴려, 몸을 살짝 떠올려 이동했다.

예전이었다면 텔레포트 특유의 어지러움과, 갑작스러운 시야 변화 때문에 전투에 방해가 됐겠지만 지금은 아니다.

고객과의 싸움에서 몇 번 사용했고, 일상생활에서도 사람들이 보지 않을 때는 간간이 사용하여 나름 숙련됐다.

"허어……!"

코앞에서 괴력에 맞고 나가떨어진 지우가 멀쩡한 모습으로 나타나자, 세르게이가 놀란 표정을 지었다.

"날 잘도 날렸겠다, 각오는 됐겠지?"

눈을 부릅뜬 지우는 세르게이를 한 차례 째려보곤 뇌력

을 에너지로 삼아 무식할 정도로의 공격을 쏘아 냈다.

그는 잔상을 남길 정도로의 속도로 주먹을 탄환처럼 쏘
아내 정확히 세르게이의 안면을 가격했다.

"크으……!"

두개골이 흔들릴 정도로의 충격에 세르게이는 잠시 멍한
표정을 지었지만, 1초도 되지 않는 시간에 되돌아왔다.

세르게이가 착용한 월 탱커즈는 비록 그 모양새는 좋지
않지만 효과만큼은 HSG만큼 뛰어났다.

'알렉산드라도 그렇지만 고객이란 건 인간이 아니다.'

5일.

고작 5일 만에 전혀 다른 세상 속으로 들어온 세르게이
는 인간이라 볼 수 없는 고객의 힘에 전율했다.

만약 일반 사람들이었다면 지우와 한수도 제대로 섞지
못했겠지만, 알다시피 세르게이는 목숨이 걸린 싸움이라면
나름대로 자신이 있는 전직 KGB요원이었다.

행정직이나 외교관 등의 실무를 나가지 않는 요원이 아
닌 덕분에 이렇게 정면으로 싸우는 것이 가능한 담력과 실
력을 보유하고 있었다.

"흐랍!"

세르게이가 힘이 담긴 함성과 함께 근접해 있는 지우의

흉부를 향해 무릎을 올려 찬다.

그 기백에 눈 하나 깜짝하지 않은 지우는 초인적인 반사 신경을 통해 손바닥을 쫙 펼친 손으로 무릎을 막아 냈다.

"세르게이, 날 너무 좋아하지 말라고. 사내새끼가 그렇게 붙는 거 아니야."

이 상황에도 작은 농담을 한 지우는 씩 웃으며 끌어올린 전력을 손바닥으로 전이해 세르게이에게 쇼크를 먹였다.

"끄흐윽!"

몸 내부로 전기가 들어오자 세르게이의 근육과 신경 세포가 잠시 동안 반응하지 못하고 뻣뻣하게 굳었다.

지우는 이 틈을 놓치지 않고 그대로 세르게이의 넓은 이마에 화려한 박치기를 선사했다.

빠악!

"꺽!"

세르게이의 목이 뒤로 젖힌다.

"아직!"

휙 하고 칼날 소리를 닮은 매서운 바람과 함께 주먹이 사선으로 올라가 세르게이의 턱을 날려 버렸다.

지우는 거기서 멈추지 않고 왼발을 축으로 삼아 제자리에서 반 바퀴 돈 뒤, 팔을 접어 뾰족하게 만든 팔꿈치로 세르게이의 명치 부근을 정확히 가격했다.

'이제, 시작이다.'

＊　　　＊　　　＊

정지우와 세르게이. 이 두 사람이 하얼빈 일대에서 대놓고 화려하게 난리를 피우는 동안 자오웨와 칭후 역시 한가롭게 놀고 있지는 않았다.

그들은 최우선적으로 알렉산드라와 세르게이가 합류하지 못하도록 훼방을 놓았다.

알렉산드라가 지닌 힘이 워낙 위협적이고 강한 탓에, 세르게이까지 합류하게 된다면 골치가 아파진다.

"단주님, 지휘를 부탁드립니다."

자오웨 산하의 용호단원들이 한 걸음 나서서 명령을 부탁했다.

"레드 마피아는 단 하나도 남기지 말고 처리하도록 하세요. 또한 총을 들고 있다면 레드 마피아가 아니더라도 모두 죽이도록 하고, 항상 짝을 지어서 다니세요."

알렉산드라의 정신 조작은 용호단원들에게도 통용되지만, 일반인들처럼 바로 당하는 건 아니다. 비록 몇 초거나 길어봐야 십 초가량이긴 하지만 약간의 시간이 걸린다.

그렇기에 자오웨가 칭후와 딱 달라붙어서 다니는 것처럼 용호단원들에게도 웬만하면 서로 붙어 다니라고 명했다.

"어디보자…… 이 난리에도 방송사나 공안의 모습이 보이지 않는 걸 보면 그녀가 미리 손을 써둔 모양이네요. 센스가 제법 괜찮군요."

자오웨는 여기저기서 비명이 터지는 난장판을 구경하며 입가에 미소를 그려냈다. 만약을 위해 언론을 통제하는 귀찮은 짓을 하지 않아도 좋다는 표정이었다.

"저기 있다!"

"응?"

고개를 돌리니 화강암 블록 위에 세워진 대형 차량 몇 개가 보였다. 문이 열리면서 정장 차림에 총기를 쥔 레드 마피아가 우수수 내리는 것이 확인됐다.

"쏴!"

레드 마피아 중 한 명이 소리를 지르자, 차량에서 내린 조직원들은 기관단총을 자오웨와 칭후에게 겨누고 방아쇠를 당겼다.

타다다다다—!

정면에서 총알 세례가 빗줄기처럼 쏟아져 왔다.

"흥!"

그러나 그들이 등장하고 빠르게 눈치를 챈 칭후는 자오웨를 가리고, 방천화극을 휘둘러 돌풍을 일으켰다.

"거짓말!"

레드 마피아 중 한 명이 경악성 어린 외침을 내뱉었다.

만화나 영화도 아닌데 칭후가 방천화극으로 일으킨 풍압으로 총알을 모두 날리는 걸 보고 혹시 꿈을 꾸고 있는 건 아닐까 싶었다.

"거짓말이라니, 너무하네요. 제 동생이 열심히 단련해서 얻은 힘인데 말이죠."

러시아어를 알아들은 자오웨가 장난스레 웃었다.

"용호단은 힘을 다해 저 구더기 같은 놈들을 처리하세요. 아, 칭후는 한 두 명 정도 살려서 제 앞으로 데리고 와요. 알렉산드라가 어디 있는지 확인해야하거든요."

"태공망에게 정보를 구입하는 게 빠를 텐데?"

칭후가 의아해하며 질문했다.

그러자 자오웨는 아쉬운 듯이 한숨을 내쉬었다.

"몇 번 해봤지만 저쪽에서 돈을 지불해서 막았어요. 알렉산드라도 돈이 제법 많은 모양이니, 어쩔 수 없이 찾아낼 수밖에 없……."

자오웨가 하려던 말을 멈추고 잠시 입을 다물었다.

"쯧."

칭후가 가볍게 혀를 차곤 방천화극을 한 바퀴 회전한 뒤에 지면에 쿵 하고 박았다.

두 쌍둥이의 시선은 한 곳을 향하고 있었다.

"차암, 이렇게 저희를 찾아올 거면 뭐 하러 정보에 제한을 걸어둔 건지 이해를 못 하겠네요. 괜한 돈을 지불했잖아요."

자오웨는 양 볼을 부풀리곤 투덜거렸다.

그녀를 포함한 용호단을 중심으로, 전 방위에 무장한 레드 마피아들이 약 이백여 명 정도 서 있었다.

다만 문제는 그 사이에 자오웨가 그토록 찾고 있었던 알렉산드라가 있던 것이 문제였다.

"약간의 심술."

알렉산드라는 칙칙하고 삭막한 느낌의 회색 머리칼을 긁적이며 무심하고 힘없는 목소리로 답했다.

알렉산드라는 주머니에 찔러 넣은 손을 넣어 꺼내 한일자(一)를 그렸다.

그러자 용호단을 포위한 레드 마피아의 조직원들이 각자 무장한 총기류를 겨눴다. 그중 몇몇은 알라의 요술봉이라

는 별명을 지닌 대전차 화기, RPG—7로 무장하고 있기도
했다.

"참나, 무슨 전쟁이라도 하러 왔어요? 누가 보면 이 하
얼빈에서 전쟁이라도 일어난 줄 알겠어요. 봐요, 다들 겁
나서 도망쳤잖아요."

러시아 거리는 레드 마피아와 용호단을 제외하고 텅텅
비어 있었다.

사실은 무장한 레드 마피아 때문이 아니라, 용호단을 이
끌고 나타난 자오웨에게 겁을 먹고 숨거나 도망쳤다.

"안 그래요? 알렉산드라."

*   *   *

명치에 팔꿈치를 가격당한 세르게이의 몸이 뒤로 밀렸
다.

"합!"

짧은 기합과 함께 다시 몸을 회전하여 화려한 발차기를
날렸으나, 세르게이가 한 팔을 들어 막아 냈다.

"힘이 꽤 강한 것 같으나, 나만큼은 아니군그래!"

세르게이가 호기롭게 외치며 그대로 지우의 다리를 낚아

채곤 위에서 아래로 내리찍었다.

콰지직!

몸뚱아리가 화강암 블록에 부딪치며 그 충격으로 인해 바닥이 거미줄마냥 금이 쩌적하고 그어졌다.

산산조각 난 화강암 조각이 하늘로 비상하고, 등허리에서 느껴지는 고통에 지우는 커헉하고 신음을 흘렸다.

'이 무식하게 힘만 센 놈이!'

쓰러지면서 왼손에 찬 마도왕의 시계가 시야에 들어왔다.

"스피릿 소드!"

시계 초침이 제멋대로 돌아가고, 1초도 되지 않는 시간 안에 손에서 빛의 입자로 이루어진 검이 형성됐다.

지우는 세르게이가 두 주먹을 모아 철퇴마냥 힘껏 내리치는 걸 보면서 빛의 검을 수평으로 휘둘렀다.

"큭!"

세르게이는 관성의 법칙을 비이상적인 괴력으로 막아내며 몸을 최대한 뒤로 젖혔다. 그 빠른 판단과 괴력 덕분에 스피릿 소드를 아슬아슬하게 회피할 수 있었다.

'타격은 잘 통하지 않지만 검은 치명적인 모양이군!'

세르게이의 변한 낯빛을 확인한 지우가 속으로 섬뜩하게

웃으면서 화강암 더미에서 쏟아져 나갔다.

"하지만 맞은 만큼 앙갚음은 해 둬야겠지!"

주먹이 수직선을 그려내며 하단에서 상단으로 쳐 올라가 세르게이의 턱을 시원스레 후려쳤다.

"끅!"

골이 흔들리는 걸 느낀 세르게이가 작은 신음을 흘렸다.

지우는 그대로 이때다 싶어, 주먹을 머신건마냥 무시무시한 속도로 잔상을 남기며 연달아 날렸다.

"끄으응!"

세르게이는 몸을 웅크리고 팔로 얼굴을 가려 최대한 데미지를 최소화하려 했으나, 뇌력을 담은 주먹이 한 번, 두 번, 그리고 다섯 번을 넘어 날아오자 밀리는 모습을 보였다.

"어디 이거도 막나 보자!"

주먹으로 세르게이의 몸을 난타하던 지우는 갑작스레 왼발을 쭉 내밀어 발을 걸었다.

상체 쪽에 힘을 집중하던 세르게이는 지우가 다리를 걸어오자, 그만 어이없을 정도로 손쉽게 옆으로 고꾸라졌다.

'금무각류(金武脚流).'

지우는 다리를 직각으로 하늘 높이 들었다.

세르게이와의 전투를 위해서 금무반지에 추가적으로 금액을 주입하여 몇 가지 무공을 해제해 뒀다.

아까 탄지공을 통해 보여 줬던 금무지류와 지금 사용하는 금무각류가 바로 그 결과물이다.

'천근추(千斤錐)!'

직각을 유지하던 다리가 쓰러진 세르게이의 몸을 향해 부웅하는 묵직한 파공음을 내면서 수직 낙하했다.

"커허억!"

쿠와아아아아앙―!

마치 다이너마이트가 폭발한 듯 무시무시한 굉음과 함께 천근추에 정통으로 당한 세르게이가 비명을 토해 냈다.

흉부를 팔로 막았는데도 그 표정이 일그러진 걸 보면 상당한 데미지를 입은 모양이었다.

지우는 그대로 세르게이의 발목을 낚아챈 뒤에 있는 힘껏 몇 미터 떨어진 건물 외벽을 향해 힘껏 던졌다.

"으악!"

외벽에 충돌하고 튕겨 나간 세르게이가 지면을 데굴데굴 구르면서 고통으로 가득 찬 비명을 토해 냈다.

지우는 그런 세르게이를 향해 느긋하게 발걸음을 옮기면서 얼음장처럼 차가운 목소리로 경고했다.

"미안하지만 난 적당히 하지는 않을 거야. 너에게 맞은 것이 좀 아프고 약 올라서 검이 아니라 격투전을 선택했지만, 이제는 아니야. 슬슬 죽을 때가 됐어."

오른손을 쥐락펴락하자 아까 소멸했던 스피릿 소드가 다시 모습을 보였다.

"후, 후후후! 설마 이렇게 강할 줄이야……."

월 탱커즈 덕분에 목숨을 건진 세르게이가 지면에 입을 맞춘 채 웃음소리와 함께 중얼거렸다.

"애초에 5일밖에 되지 않은 신규 고객이 너무 많은 걸 바란 거지. 확실히 네가 나름대로 강한 편이긴 하지만, 그렇다고 나 정도는 아니야."

지우가 목을 빙그르르 회전시켰다. 우드득하고 뼛소리가 요란하게 울린다.

"아, 그렇다고 너무 상심하거나 기분 나빠하지 마. 네가 칭후의 습격에 성공해서 방심은 하지 않았어. 널 전력으로 대한 거지."

이건 결코 거짓이 아니라 진실이었다. 아니, 애초에 거짓말을 할 이유조차 없다.

"그러니까 이제 슬슬 마무……."

팅.

청아한 소리가 났다.

무언가 했는데 철핀을 뽑는 소리다. 그리고 철핀이 뽑힌 물건을 확인하니 그 모양새가 상당히 익숙하다.

훈련소 시절 악마 같았던 조교와 교관이 어색할 정도로 친절하고 착하게 만들었던 물건 중 하나다.

아니, 정확히는 학용품 같은 물건이 아니라 무기였다.

"이런 젠⋯⋯."

콰아아앙!

말을 다 끝내기도 전에 주변을 집어삼키는 불꽃이 뿜어져 나오며 화려한 폭발을 일으켰다.

"너 이 새끼, 수류탄은 어디다 숨겨뒀어!"

텔레포트로 수류탄의 범위에서 벗어난 지우가 이를 꽉 깨물고 소리쳤다.

"월 탱커즈는 원래 이렇게 사용하는 법이지."

악마의 혀처럼 넘실거리는 화염 속에서 세르게이가 벽안을 번뜩이며 히죽 웃었다.

불꽃으로 인해 화상을 입은 듯, 피부가 벌겋게 달아오른 상태다. 피부도 벗겨져서 속살이 보였다.

그러나 수류탄의 파편에는 상처 하나 남기지 않은 모양.

여러모로 성가신 월 탱커즈다.

"이 씨발 새끼가, 진짜!"

열 받을 때로 열 받은 지우는 지면을 밀듯이 박차면서 몸을 날렸다. 그가 지나긴 지면은 모두 깊게 파였고, 거센 바람이 폭풍처럼 불었다.

눈 깜짝할 사이에 세르게이에게 거리를 좁힌 지우는 손바닥을 쫙 펼쳐 일장(一掌)을 날리려했다.

"흥!"

미리 허리를 숙이고 있던 세르게이가 양손을 수도(手刀)로 만들어 낸 뒤 바닥에 꽂았다. 무식한 괴력 덕에 손가락 끝이 단단한 화강암을 꿰뚫고 안까지 파고든다.

"우라아아아아!"

세르게이는 함성과 더불어 전력을 다해 지면을 장판 뒤집듯이 쳐올렸다. 갈라진 땅바닥이 직각으로 치솟았다.

콰앙!

손바닥이 방패를 대신하여 위로 솟은 땅바닥 중의 일부를 박살 내고 산산조각 냈다. 마치 초고속 카메라로 찍는 것처럼 화강암 조각이 회전하면서 꽃잎처럼 흩날리는 광경이 시야 속에 들어왔다.

"기술은 내가 한 수 위인 것 같……."

입가에 진한 미소가 번져가던 세르게이가 인상을 딱딱하

게 굳혔다.

분명 일그러진 표정을 짓고 있을 거라 생각했던 지우가 너무나도 평온한 기세를 보이고 있다.

딱히 열 받아 하는 것도 아니고, 아쉬워하는 것도 아니다. 눈을 게슴츠레 뜨고 미미한 미소를 짓고 있었다.

머릿속에 '왜?'라는 의문을 떠올리기도 전에 — 정지우는 오른손에 쥔 스피릿 소드를 다시 수평으로 크게 휘둘렀다.

'위험!'

세르게이가 기겁하면서 다시 상체를 숙여 그의 검을 아슬아슬 하게 피해 냈다. 그러나 그것만으로 끝나지 않았고, 지우가 재차 왼손을 날리려 했다.

'연계 공격에 꽤나 자신만만한 모양이지만 이 정도의 타격은……'

세르게이는 양팔을 교차하여 방어 자세를 취했다.

월 탱커즈의 방어 능력이 얼마나 우수한지는 지금까지의 싸움으로 증명됐다. 저것 역시 별거 아니라 생각했다.

그러나.

"병신아, 권이 아니라 검이다."

파츠츠츠츳!

아직 주먹을 쥐지 않은 손에서 스피릿 소드가 빙판 위를 미끄러지듯이 하얀 궤적을 그려내며 나아가 세르게이의 명치를 정확하게 찔렀다.

　"커허억!"

제11장

세르게이에게 기적은
존재하지 않았다

　검이 꿰뚫고 지나간 상처 부위를 손바닥으로 막아보지만 헛된 행동이었다. 구멍에서 시뻘건 혈액이 꿀럭꿀럭하고 넘쳐 나와 바닥을 적신다.

　세르게이는 '하아아' 하고 늘어지는 한숨 소리를 내면서 천천히, 아주 천천히 뒤로 넘어졌다. 다행히 머리가 단단해 화강암 블록에 부딪쳐 뇌진탕이 일어나는 불상사는 피했다.

　바닥에 대자로 뻗은 세르게이는 콜록콜록하고 피거품이 뒤섞인 기침을 토해 냈다.

"더……럽……게…… 맑군그래……."

"그러게. 덕분에 뒤처리가 귀찮을 정도다."

상의에 쌓인 돌가루와 먼지를 툭툭 털어 낸 지우는 제자리에 앉아 턱을 괴고 심드렁한 표정을 지었다.

"동료에겐 가지 않을 생각인가……?"

"네놈이랑 싸우느라 체력을 소모했잖아. 걔들도 딱히 약하진 않으니까, 약간의 휴식 정도는 이해해 줄걸."

"그럼 내 한 가지 부탁 좀 들어 주겠나……?"

"설마 이제 와서 살려달라고 구걸하는 건 아니겠지. 그렇다면 그건 나름대로 실망이겠는데."

"하하하, 역시 자네는 농담도 잘하는구먼. 내 뒷주머니를 뒤지면 휴대용 술통이 하나 나올 걸세. 그것 좀 꺼내…… 쿨럭! 쿨럭!"

가슴에 구멍이 뚫린 채로 웃는 것도 모자라 말을 연달아 했으니 피가 나오는 건 당연했다.

흉부를 확인해 본다면 상처가 벌어졌을 것이다.

지우는 세르게이의 부탁에 별로 어려울 것 있냐며, 그에게 다가가 뒷주머니에 있는 휴대용 술통을 꺼내 건넸다.

영화에서 보통 양주를 넣고 다니는 그 술통, 힙 플라스크였다.

"그러게, 괜히 수다쟁이 아저씨처럼 말하지 마. 더 아플 뿐이니까."

세르게이가 몸 하나 겨눌 수 없는 상태를 확인한 지우는 술통의 뚜껑을 열어 세르게이에게 친절하게 술을 먹여줬다.

"쿨럭쿨럭! 그래, 임종이 코앞인 러시아인에게 술이 없다면 러시아인이 아니지. 으흐흐."

세르게이가 진심으로 마음에 드는 듯 갈라진 목소리로 힘겹게 웃었다. 누가 봐도 정상은 아니다.

"하여간 불곰국 사람들은……."

알코올이라는 종족 특성을 보유한 세르게이를 보고 지우는 혀를 차면서 안에 든 술을 한 모금 마셨다.

"자네, 술은 마시지 않는다고 하지 않았나?"

세르게이가 의아해하며 물었다.

"잘 마시지 않는다고 했지, 아예 안 마신다고 하지는 않았다. 그보다 이거 독하네."

식도를 타고 가슴 깊숙한 곳까지 뜨거워지자 눈살이 절로 찌푸려졌다.

"……이봐, 난 자네에게 몇 가지 거짓말을 했네."

"어허, 설마 구질구질한 사연을 꺼내면서 '난 사실 알고 보니 착한 놈이야. 그러니 이야기를 들어 보고 생각을 바꿔봐.' 라는 형식의 연기를 하려는 건 아니겠지?"

머릿속에서 사이비 교주와 미친년이 스쳐 지나갔다.

"그렇다면 듣지 않겠어. 남 이야기 들어주는데 취미 없다."

지우는 손바닥을 보이며 확고하게 거절의 의사를 보였다.

"이 불쌍한 아저씨의 넋두리를 들어준다면 유용한 정보를 주겠네."

"앱스토어의 고객이 된지 고작 5일밖에 되지 않은 주제에 까불지 마라."

"그러지 말고 한 번 믿어 보……케헥! 쿨럭! 쿨럭!"

세르게이가 토혈했다. 다만 그가 토해 낸 피에 내장 조각이 섞여 있던 걸 보면, 그다지 길지 않을 듯싶었다.

"끄응. 꼭 마음 약하게 한다니까. 좋아, 죽기 전에 선물로 이야기 정도는 들어주마."

지우가 못 이겠다는 듯 어깨를 으쓱이자 세르게이가 웃으며 입을 열었다.

"나에 대해서 얼마나 말했더라……."

세르게이가 아들과 딸을 낳은 이후로 KGB요원이었던 일이다.

첩보요원이다 보니, 해외의 부임이나 출장 등의 일은 상당히 많았다.

심하면 일 년에 한 번 집에 들어오거나, 혹은 한 달에 한 번 들어왔다가 바로 이튿날 근무지로 갔을 정도다. 하지만 그렇다고 세르게이가 가족에게 소홀했던 건 아니었다.

세르게이는 일할 때를 제외하곤 모두 가족에게 혼심을 다했다.

"이봐, 세르게이. 좋은데 알고 있는데 같이 갈래?"

"그래. 너 마누라 안 본 지도 꽤 됐잖아. 방 안에 박혀서 포르노로 처리하는 것 좀 그만하라고. 낄낄!"

"하하, 나도 함께하고 싶지만 내 자식들이랑 영상 통화해야 하거든. 그러니 너희끼리 다녀와."

세르게이는 열심히 일해 번 돈을 모두 가족에게 송금했을 뿐만 아니라, 꾸준히 가족에게 연락하는 등 가족과의 연도 중요시했다. 휴식 시간도 모두 가족에게 투자했다.

가족의 생일은 모두 기억해서 해외에 있어도 러시아 시간에 맞춰서 문자나 전화, 그리고 선물을 보냈다.

또는 상부에 사정사정하여 단 하루를 벌어서라도 고향으로 돌아가 가족들의 생일을 축하해 줬다.

그런 세르게이를 보고 주변의 동료들은 대단한 걸 넘어

독기 수준이라며 혀를 내둘렀다.

허나 이런 피나는 노력에 불구하고도 세르게이는 행복해질 수는 없었다.

확실히 세르게이는 남편으로서, 아버지로서, 그리고 인간으로서 대단했다.

일단 KGB요원이라는 것이 일반적인 사람은 될 수 있는 직업이기도 하고, 설사 요원이 된 이후에도 결코 좋다고 할 수는 없었다.

국가에서 지원 등이 내려오고, 연봉도 상당한 수준이긴 하지만 — 일 년에 한 번, 몇 개월에 한 번 집에 돌아가며 목숨까지 위험한 업무의 특성상 그만큼 정신적으로도 육체적으로도 쉽게 피곤하고 지쳤다.

그뿐만이 아니라, 가장 가까운 가족이나 친지에게도 직업 특성상 진실을 밝힐 수 없으니 이해받지도 못한다.

이러다보니 보통 첩보요원은 대부분 독신으로 살거나, 혹은 결혼해도 이혼을 하거나, 혹은 같은 요원 출신끼리 결혼하는 일이 흔한 편이었다.

이렇게나 힘들 텐데도, 세르게이는 외도는커녕 사창가 한 번 들리지 않았으며 휴식 시간을 모두 가족에게 투자했다.

주변 동료들이 세르게이를 보고 독종이라고 하는 것도 전혀 이상한 일이 아니었다.

하지만.

세르게이의 가족들은 남편 혹은 아버지처럼 대단할 수 없었다. 그들은 특출난 것 하나 없는 평범한 사람들이었다.

세르게이는 가장으로서 많은 노력을 했지만, 어디까지나 '노력을 했다.' 라는 수준에서 끝났다.

아무리 노력해도, 세르게이 자신은 가족의 곁에 없었다.

러시아 시간에 맞춰서 먼 외국 땅에서 새벽 시간대에 전화를 해도, 혹은 가족의 전화라면 바로 받아도, 그리고 양육비 등 모든 재산을 보내도 곁에 없었다.

곁에 없다는 현실은 변하지 않는다. 아무리 잘난 소리를 지껄여도 결코 변하지 않는 사실이다.

"아이들이 당신을 기억하는지에 대한 의문은 거짓말이었군."

"그래."

아무리 세르게이가 반 년 혹은 일 년에 한 번꼴로 집에 들어갔다고 해도 이만큼의 노력을 하는데 잊을 리 없었다.

생일을 누구보다 먼저 챙겨주고, 아이들과 소통하기 위

해서 메일과 문자를 보내고, 용돈도 쥐어 주는 등 이렇게
까지 하는데 기억을 못 할 리가 없다.

"내 아내를 너무 안 좋게는 생각하지 말아주게."

아내의 외도는 예상한 일이었다.

그녀는 딱히 나쁜 사람은 아니었으나, 그렇다고 세르게
이만큼 강한 사람은 아니었다.

세르게이는 곁에 없어도 문자나 전화로 열심히 그녀를
보듬어줬지만, 그걸로는 부족한 감이 있었다.

결국 그 외로운 마음과 몸을 달래기 위해 다른 남자를
찾게 됐고 최악의 결과를 초래했다.

"이해를 못 하는 건 아니었네. 하지만, 하지만……."

"아니, 그렇다고 불륜이 용서되는 건 아니지. 불륜은 불
륜일 뿐이야."

죽어 가고 있는 세르게이를 보고 지우는 고개를 저었다.

"그때 느낀 감정을 거짓말했군. 설마 아내와 바람난 개
자식을 죽인 것도 거짓말을 한 건 아니겠지?"

"크흐흐! 쿨럭! 쿨럭! 그런 건 아니니 걱정하지 말게."

세르게이가 웃다가 피를 몇 차례 토해 냈다.

"그럼 나에게 한 거짓말이 또 뭐가 있지?"

세르게이가 비탄에 잠긴 목소리로 이야기를 계속했다.

아내의 외도를 발견한 뒤, 두 부부는 이혼 절차를 밟았다.

양육권의 경우, 아들과 딸이 모두 어머니를 따르겠다는 말에 어쩔 수 없이 포기할 수밖에 없었다.

그 뒤로 깊은 절망에 빠진 세르게이는 가정사를 잊기 위해서라도 일에 미친 듯이 빠져 살았지만, 결국 얼마 지나지 않아 소련의 해체와 함께 러시아 정부에게 버림받았다.

어떻게 된 영문인지 하고 조사해 본 결과, 가족들이 어떻게 지내고 있는지 듣게 되고 이해하게 됐다.

아내, 아니 전처가 반정부주의자가 되면서 가족들의 인생 모두가 풍비박산 났다.

전처는 자식들이 한참 관심을 받아야 할 시기에 반정부 활동에 빠졌고, 결국 감옥에도 투옥하게 된다.

문제는 그녀가 재산 대부분을 보석금으로 탕진하거나, 혹은 반정부단체의 활동금에 사용했다는 것. 그로 인해 아들과 딸은 학교를 중퇴하게 되고 심각한 생활난에 시달린다.

그 둘은 결국 잘못된 길에 빠져 이리저리 뒷골목을 배회하다가 결국 아들은 스킨헤드가, 딸은 마약중독자가 됐다.

"……전처와는 끝났지만, 자식들은 보고 싶었네. 그 아이들이 나에게 전부였으니까. 어찌어찌하여 찾아가봤지만."

세르게이의 눈가에서 물방울이 뺨을 타고 흘러내렸다.

"솔직히, 말해서 나는 아들과 딸이 날 원망할 줄 알았어. 내 빈자리 때문에, 내가 곁에 없었기에 우리 가족이 이렇게까지 추락한 것이라고 말일세."

"흠."

"하지만, 그보다 더 최악이었지."

"누구세……어라, 아버……지시죠? 그동안 건강하셨어요?"

"아버지, 생부로서 조금만 더 도와주실 수 있어요?"

아들과 딸은 아버지를 원망하지 않았다.

아니, 정확히는 원망할 존재 자체로도 인식되지 못했다.

"돈으로 가족을 보살핀다고 다가 아닐세. 곁에 있어주게. 곁에 없다면, 모든 가치는 소용이 없……쿨럭쿨럭!"

"……."

"자식들에게 있어서 난 돈을 보내는 기계였을 뿐이지,

그 이상 그 이하도 아닐세. 난 내 자식들이 날 사랑하는 줄 알았네. 헌데 그게 아니었어."

"그렇다면?"

"내가 했던 노력들…… 지금까지 했던 연락에 응답한 것도 전처가 시켜서 마지못해 한 일들일세. 생활비와 양육비를 얻으려면 그렇게 해야 한다고…… 날 사랑하기는커녕, 아버지로 생각조차 하지 않은 거야."

세르게이가 그 말을 들었을 때 느낀 감정은 도저히 말로 형용할 수 없다.

아내였던 여자가 다른 남자와 부부의 침실에서 뒹굴었을 때보다, 국가에게 버림받았던 것보다 더 좌절하고 절망하고 분노하고 비통했다.

"으흐흐흐! 더 웃긴 건 그 이후에도 자식들이 돈만 준다면 만나주겠다고 하더군. 그때는 모든 것이 무너지는 느낌이었어, 크흐흐흑!"

죽음에 이르기 때문일까, 아니면 다른 이유 때문일까.

세르게이는 웃는 건지 우는 건지 알 수 없는 모습으로 이야기를 계속했다.

"인생의 나락 끝까지 추락한 내 자식들을 구하기 위해선 적은 돈으로 불가능…… 쿨럭! 쿨럭……했어. 그래서 평범한 일이 아니라 레드 마피아의 일을 선택……했……
네……."

세르게이가 바라보는 하늘의 시야가 서서히 일그러지더
니, 변화가 일어났다. 태양빛 대신에 마치 반딧불이 눈앞
에 일렁이는 것처럼 빛의 입자가 서서히 떠오르기 시작했
다.

"앱스토어는…… 돈만 있다면 기적을 일으킬 수 있다고
하지만, 나에게는 아니었던 모양일세."

세르게이는 누워 있는 바닥이 보일 정도로 점차 투명해
졌다. 그의 몸은 빛의 입자로 분열되어 천천히, 아주 느릿
하게 허공으로 떠오르며 아름다운 광경을 만들어 냈다.

"알렉……산드라에게 부탁해서, 자식들의 마음을 고치
는 방법도 있었겠지. 하지만, 그런 건……."

아름다운 광경과 다르게 세르게이에게서 느껴지는 감정
은 그다지 밝지 않았다. 그 목소리와 눈동자에 묻어나는
건 끝없는 절규와 비통밖에 없었다.

"그런 마음은 필요 없어…… 그것 역시 돈으로 자식들
의 관심과 사랑을 사는……과 다를 바 없……!"

마지막 말은 지우에게 닿지 못했다.

평생을 좌절과 절망, 그리고 비통과 함께 살아왔던 남자

는 더 이상 이 세상에 존재하지 못했다.

세르게이라는 인간을 구성하고 있던 피와 살은 모두 빛
의 입자로 변해 하늘 위로 떠올라 그렇게 소멸했다.

여태껏 봐 왔던 앱스토어의 고객들과 똑같이.

"……유용한 정보를 알고 있다는 것도 거짓말이겠지."

그는 머리를 들어 맑은 하늘을 빤히 쳐다봤다.

                    *   *   *

알렉산드라의 지배하에 놓인 200여 명의 레드 마피아는
귀찮고 성가셨다.

정확히 말하면 그들이 다루는 무기가 문제였다.

구주방의 행동 부대, 용호단은 한 명도 빠짐없이 자오웨
와 칭후의 가르침을 받아 무공을 배웠다.

그 덕분에 육체적, 정신적 능력은 일반 사람들과 비교도
할 수 없을 만큼 강맹해졌다. 용호단원 한 명이 K—1 등의
무술대회에 나간다면 손쉽게 제패할 수가 있다.

하지만 그렇다고 현대 과학 무기를 상대하는 것에는 아
무래도 무리가 있었다.

보법을 통해 눈으로 좇을 수 없는 움직임을 보여 준다고

해 봤자, 총알의 속도를 따라갈 수는 없다.

물론, 그건 어디까지나 용호단원에 한해서다. 그들에게
무공을 선사한 무인들은 차원이 다른 실력을 지녔다.

"무기보, 용연(龍淵)."

가냘픈 손가락 사이에 적색 검 한 자루가 쥐어졌다.

"쏴!"

레드 마피아 중 한 명의 외침과 함께 약 십여 명의 조직
원이 홀로 서 있는 자오웨를 향해 방아쇠를 당겼다.

"용운군림보(龍雲君臨步)."

자오웨는 지면을 치고 몸을 날렸다. 어찌나 빨랐는지 잔
상을 남길 정도였다.

투두두두—!

몇십, 몇 백 발의 탄환이 공기를 꿰뚫고 자오웨가 있던
자리에 비처럼 쏟아져 내렸으나, 그녀에게 명중하지 못하
고 애꿎은 땅바닥을 두들기게 됐다.

"대체 무슨……."

이지를 빼앗기지 않고 자율적인 사고를 할 수 있는 레드
마피아들이 당황할 수밖에 없었다.

사람이 귀신도 아닌데, 어떻게 잔상을 남기면서 사라질
수 있는가?

그 속내를 살펴보면 사실 사라진 것이 아니라, 빠른 속도로 피한 것이었지만 그들의 머릿속에서 사람이 총알을 피할 정도로 빨리 움직인다는 건 말도 안 되는 일이었다.

"원래 가끔씩 이런 일도 있기 마련이에요."

자오웨가 부드럽게 웃으면서 레드 마피아의 뒤편에서 나타났다.

"헉!"

열 명의 레드 마피아 중 한 명이 기겁하며 등을 돌렸다. 그는 재빨리 손에 쥔 소총의 방아쇠를 당기려 했으나, 안타깝게도 너무 늦은 반응이었다.

"으음, 이 정도면 충분하려나."

자오웨는 살짝 고민하는 표정으로 검을 휘둘렀다.

"끅!"

레드 마피아가 제대로 된 반격을 하기도 전, 자오웨의 검이 그의 머리끝부터 시작하여 바짓가랑이 사이로 수직선을 그어 혈선을 만들었다.

그리고 자오웨가 가볍게 그의 어깨를 툭 치고 지나가자마자 레드 마피아의 몸뚱아리가 쩍 하고 나무토막처럼 쪼개졌다.

"으아아악!"

그 광경을 지켜보고 있던 레드 마피아들이 공포에 질린 목소리로 비명을 질렀다.

그들은 혹시 자신들이 꿈을 꾸고 있는 건 아닐까 하고 두 눈과 정신 상태를 의심했다.

개미 새끼 한 마리 잡을 수 있을까 하는 여인이 검을 휘두르자 동료의 몸이 정확히 반으로 갈라졌다.

정확히 반으로 나뉜 뇌부터 시작하여 장기와 뼈까지…… 아무리 레드 마피아라고 해도 저 그로테스크한 모습을 보니 구역질이 치밀어 올랐다.

"사람 죽는 거 처음 본 사람들도 아닌데 뭘 그렇게 놀라고 그래요. 남자들을 보면 가끔 모션이 너무 과한 감이 있다니까."

자오웨는 혼란에 빠진 레드 마피아들 사이로 몸을 날려 다시 한 번 인간 같지 않은 무위를 보였다.

그녀는 가장 근접한 레드 마피아의 목덜미를 검을 쥐지 않은 손으로 낚아챘다.

"커허억!"

"하나."

우드득!

손에 힘을 주자 레드 마피아의 목이 꺾이며 뼈가 부러지는 소리가 요란하게 울려 퍼졌다.

"괴, 괴물!"

다른 레드 마피아는 동료가 어이없이 죽는 걸 보고 기겁하면서 소총을 들어 자오웨를 겨눴다.

서걱!

"어?"

방아쇠를 당기려고 했으나, 당겨지지 않았다. 무슨 일인가 하고 시선을 아래로 돌려보니, 손목이 잘려 있었다.

"안 돼!"

죽고 싶지 않아 필사적으로 비명을 질렀으나 의미 없는 외침일 뿐이었다.

자오웨가 무심한 눈길로 검을 가볍게 휘둘렀다. 허공에 수평선이 그려지며 레드 마피아의 목이 뎅겅 잘렸다.

"둘. 셋. 넷…… 귀찮네요. 한꺼번에 처리하죠."

자오웨가 용운군림보를 이용해 다시 잔상을 남겼다.

그녀는 용이 구름을 밟는 것처럼 유려한 몸놀림과 함께 패닉에 빠진 일곱 명의 레드 마피아의 사이를 지나쳤다.

물론 단순히 지나간 것이 아니라, 용운군림보를 운용하여 쾌속으로 검을 다양한 각도로 휘둘렀다.

단지 그 움직임이 너무 빨라 멀리 서 있던 레드 마피아들은 빛이 번쩍이는 것을 보고 있을 수밖에 없었다.

"크어어억!"

"케헤헥!"

"끅!"

자오웨가 그들을 지나쳐서 바닥에 부드럽게 착지하자마자 일곱 명의 레드 마피아들이 솟구치는 피와 함께 바닥을 뒹굴었다.

"저 괴물에게 낭장 모든 화력을 집중해!"

그 광경을 봤던 레드 마피아는 정신을 제대로 차릴 수 없었지만 그렇다고 넋 놓고 계속해서 바라볼 수는 없었다.

"쐈!"

RPG—7으로 무장한 다섯 명의 레드 마피아가 자오웨가 있는 자리에 탄두를 쏘아 냈다.

휘이이잉!

바람을 가르는 소리와 함께 다섯 개의 탄두가 위용을 뽐내며 자오웨가 있는 자리를 향해 날아왔다.

그 모습이 꼭 밤하늘에 긴 궤적을 그려내며 추락하는 유성과도 닮았다고 자오웨는 생각했다.

"용제검(龍帝劍) 출아(出牙)."

그녀는 눈 하나 깜짝 하지 않고 제자리에서 검을 휘둘렀다. 미동도 하지 않고 반듯한 자세로 깨끗한 수평선을 그려낸 걸 보면 검술이 아니라 예술이라 칭할 정도다.

쐐애애액—!

고막을 찢을 정도로 섬뜩하고 날카로운 소리가 나고 공간이 매끄럽게 잘리며 붕괴된다.

자오웨의 검에서 흘러나온 용의 이빨은 한 개, 두 개, 곧 수십 개로 나뉘어져 검기라는 형태로 바뀌었다.

하단전에서 흘러나온 에너지의 근원은 보이지 않는 무기가 되어 공간과 대기층과, 공기벽을 모두 깨끗하게 양단하면서 날아오던 탄두를 베었다.

콰아아아앙!

허공을 자유롭게 날던 탄두들이 하나도 빠짐없이 목표지에 도착하지 못하고 도중에 터지며 폭발을 일으켰다.

불꽃이 악마의 혀처럼 일렁이며 주변의 산소를 탐욕스럽게 먹어 치운다.

"출아."

다시 한 번 검을 휘두르자 적색으로 물든 검신에서 아름다운 광채를 띄는 검기가 뿜어져 나왔다.

주변을 매끄럽게 가르는 검기는 그대로 탄두를 날린 레드 마피아와 더불어 그 주변에 있던 스무 명의 몸을 가르고 지나갔다.

"어?"

그들은 자신에게 무슨 일이 일어났는지도 모르고, 그저 멍청한 얼굴로 서 있었다.

그리고 얼마 지나지 않아 '서걱' 하고 상반신과 하반신 등이 분리되어 피분수와 함께 바닥을 장식했다.

"아, 제길."

적들을 무참하게 쓸어버렸는데도 이째서인지 자오웨의 표정은 좋지 못했다.

그녀답지 않게 저급한 욕설을 내뱉으며 눈동자를 옆으로 돌렸다.

"하아. 이래서 두 명이선 안 돼."

자오웨의 시선 끝에는 이지를 잃은 듯, 동태 눈깔을 한 칭후가 창 한 자루를 쥐고 알렉산드라를 호위하듯이 옆에 서 있었다.

"제가 싸우는 동안 칭후에게 몰래 다가가서 정신을 조작하다니, 너무한 거 아니에요?"

알렉산드라를 최소 세 명의 고객이 상대해야하는 연유가 여기에 있다.

그녀의 정신 조작 능력은 기본적으로 일반인들에게는 상

당히 광범위하게 간섭할 수 있다.

하지만 앱스토어 고객, 아니. 정확히는 정신력이 보통 사람의 한계를 넘는 이들에겐 제한이 걸린다.

예를 들어 자오웨나 칭후에게서 정신을 빼앗으려면 한 사람당 한 명밖에 시전하지 못하며, 또 일정한 시간도 걸린다. 참고로 그동안은 알렉산드라 역시 움직이지 못한다.

또한 성공한다고 해도, 칭후정도 되는 정신력을 굴복시켜서 계속해서 움직이려면 상당한 힘이 들어간다.

그러다 보니 고객 한 명을 조종하고 있을 때는 일반인이라면 모를까 다른 고객에게 능력을 쓸 수는 없다.

그렇다면 이걸 노리고 정신 조작 도중에 알렉산드라를 치거나 혹은 그녀에게 조종당하는 고객과 싸우는 도중에 어떤 수단을 사용해서 공격하면 죽이는 데 성공할 수 있다.

그러나 자오웨 한 사람으론 할 수 없는 일이다.

칭후의 무력은 보통이 아니다. 이 무력이 상당한 쌍둥이 남동생과 싸우면서 알렉산드라까지 죽일 여유가 없다.

그래서 자오웨는 작년에 알렉산드라를 처음 만났을 때의 북경에서 고전했고 동맹이 없다면 이길 수 없다는 걸 깨달았다.

용호단원이 다가가려고 해도 다른 레드 마피아에 의하여 저지당하거나 혹은 알렉산드라가 무리를 해서 정신 조작으로 제지할지도 모르니, 또 다른 고객의 힘이 필요하다.

그게 바로 정지우다.

물론 칭후나 자오웨 자신이 정신 조작에 걸려들지 않고, 두 사람이 알렉산드라에게 근접하여 쓰러뜨리는 방법도 존재한다. 문제는 그것도 불가능하다는 일이었다.

알렉산드라 혼자라면 모를까, 그녀는 쌍둥이 중 한 명의 발을 묶어서 다른 사람의 정신을 빼앗을 수 있게 만드는 기회를 제공하는 레드 마피아가 있기 때문이었다.

"원래 마인드 컨트롤은 이런 식으로 사용하는 거니까."

알렉산드라는 낮게 가라앉은 특유의 음울한 목소리로 답했다. 그 얼굴을 보면 어떠한 감정도 느껴지지 않았다.

"……그리고 네가 나와 싸우기 위해서 데려온 한국인에 대해서도 대충 알고 있어. 그래서 나도 이번에 확실하게 죽일 수 있도록 몇 가지를 더 준비한 거고."

투두두두―!

알렉산드라의 후방에서 폭풍이 불었다. 자연적인 바람이 아니라, 인공적인 바람이다.

바람을 등진 알렉산드라의 회색 머리칼이 흩날린다.

"가지가지 하시네요."

헬리콥터가 바로 위에 떠 있는데도 불구하고 자오웨의 목소리는 생생하게 들려왔다. 내공을 실은 덕분이었다.

"후후."

자오웨가 쓴웃음을 흘리며 고개를 들었다. 입가는 웃고 있었지만, 눈은 전혀 그렇지 않았다.

게슴츠레 뜬 눈은 매섭게 쭉 찢어졌고, 그 안에 담긴 동공에선 긴장과 경계심이 뒤섞여 불타오르고 있었다.

"러시아에서는 잠수함도 구할 수 있다고 하던데…… 마피아 주제에 공격 헬기를 가져 오셨군요."

Mi—28

러시아의 공격 헬리콥터로, 공격 헬기 중 유명한 아파치 시리즈와 비슷한 외양을 하고 있다.

장갑을 대량 장착하여 공격 헬기 중에서도 방탄능력이 상당히 높으며, 강한 생존력을 지니고 있다.

무장을 본다면 기수 측 하방에 30mm기관포, 그리고 1000mm의 관통능력을 지닌 AT—16은 현존하는 모든 기갑차량을 한방에 날려 버리는 위력을 지니고 있다.

"확실히 끝내기 위해서 비장의 카드가 필요했으니까."

알렉산드라의 목소리에는 자오웨처럼 딱히 내공이 실리

진 않았지만, 자오웨는 뛰어난 청각으로 들을 수 있었다.

"그렇다면 이쪽도 비장의 카드가 슬슬 나와 줘야겠네."

누군가의 목소리가 알렉산드라의 청각에 파고들어왔다.

"......!"

알렉산드라가 살짝 놀란 듯 눈을 크게 떴다.

다만 표정은 여전히 무덤덤하고, 눈동자도 흔들림이 없어서 저게 놀란 건지 의아한 생각이 들 정도다.

"이제야 왔어요?"

자오웨가 다시 웃는 얼굴로 되돌아가 지우를 반갑게 맞이했다. 진심으로 환영하는 모습이었다.

"어. 대화하느라 조금 늦었어."

빠지지직!

주변의 에너지를 밀어내며 시퍼런 빛줄기가 뿜어져 나와 손바닥 위에 모여 하나의 형체를 만들어 냈다.

약 사 미터가량의 기다란 장신을 지닌 한 자루의 창. 그러나 철이나 청동 따위가 아니라 순수한 전력의 에너지로 뭉쳐서 만들어진 번개의 창이었다.

"전광투창(電光投槍)."

근처에 있던 자오웨조차도 평정을 잃을 정도로, 지우가 만들어 낸 번개의 창은 압도적인 위압감을 뿜냈다.

모든 것을 파괴하고, 불사르고도 남을 것 같은 힘.

지우는 번개의 창을 움직여 알렉산드라의 머리 위를 지키고 있는 Mi—28를 향해 겨눴다.

"바사비…… 씨발, 뭐였더라."

솔직히 기술 이름 발음하기 힘들다.

제12장

정지우, 자오웨, 칭후,
그리고 알렉산드라

"날려 버려."

알렉산드라가 무전기를 지니고 있는 것도 아닌데, 신기하게도 그녀의 목소리는 파일럿의 고막을 지나 두뇌까지 침투했다.

— roger that, mom.

파일럿이 명령에 따라 Mi—28에 무장된 AT—16, 대전차 미사일을 조작했다.

푸슈슈슈슈—!

좌우측에 무장된 대전차 미사일은 각각 여덟 발.

제일 먼저 좌측에 있던 대전차 미사일들이 사나운 격풍과 함께 불꽃을 내뱉으며 출발했다. 그리고 이내 우측에 붙어 있던 나머지 여덟 발의 대전차 미사일도 뿜어져 나왔다.

총 열여섯 발의 대전차 미사일이 하늘을 뒤덮으며 아래로 쏟아지는 광경은 실로 장관이었다.

"설마 이대로 죽을 생각은 아니겠죠!"

후방에서 자오웨가 초조한 목소리로 소리를 빽 질렀다.

"걱정 마, 나도 그럴 생각 없으니까!"

왼발은 내딛고 오른발은 뒤로 빼서 하체를 지면에 단단히 고정시켜 상체를 지탱했다.

다리 근육이 수축되는 것이 눈에 띄었다.

창을 쥐고 있지 않은 왼팔은 프로펠러를 회전시키며 허공에 떠오른 Mi—28을 겨누고, 오른발과 함께 뒤로 젖힌 오른팔 근육에 힘을 꽈악 주고 숨을 흡 하고 들이셨다.

"샤크티이이이!"

지우는 마법 주문을 외우듯, 자신이 지니고 있는 능력 중에서 최대 출력을 자랑하는 번개의 창을 힘껏 내던졌다.

올림픽 경기 중 창던지기 선수들처럼 자세가 그다지 훌륭하진 못했으나, 그가 던진 번개의 창은 미사일보다 더한 속도를 자랑하며 주변의 공간을 찢어발기듯 날아갔다.

"어머나, 세상에."

뒤편에서 그걸 구경하고 있던 자오웨가 놀란 표정을 지었다. 그러나 입가에는 진한 승리의 미소가 번져 있었다.

쿠아아아아아앙—!

거인의 무기가 아닐까, 하고 생각되는 거대한 크기를 자랑하는 번개의 창은 열여섯 개의 대전차 미사일을 폭발조차 허락하지 않고 모두 집어삼켰다.

그만큼 창 안에 잠든 에너지는 압도적이었다.

— 으아아아악!

파일럿이 비명을 내지르며 급하게 회피 기동을 하려고 했으나, 필사적으로 발악해 보아도 피하기엔 무리가 있었다.

일단 선글라스를 가득 채운 전광 때문에 방향 감각을 잃었을뿐더러, 설사 피한다고 해도 번개의 창에서 방출된 에너지에 헬리콥터가 버티지 못하고 엔진 고장을 일으키고도 남았을 일이다.

결국 파일럿과 Mi—28은 번개의 창의 에너지에게 분자 단위로 흔적도 없이 사라졌다.

"정말 기술 한 번 소란스럽네요. 제 시력이 나빠졌으면 어떻게 하시려고 했어요?"

자오웨는 소매로 눈을 비비면서 볼멘소리를 냈다.

"죽을 뻔한 걸 살려줬으니 입 좀 다물어줬으면 하는데요."

바사비 샤크티는 고출력인 만큼 정신력의 소모도 상당하다. 그렇다고 기절할 정도로 소모가 큰 건 아니었지만, 피곤하지 않은 건 아니었기에 신경이 날카로웠다.

"어머, 그리고 보니 당신 방금 전에 고객이 아니라 일반인을 죽이신 것 같은데요. 와아, 위선이 하나 더 늘었어요. 착한 이미지 신경 쓴다는 주제에 사람을 막 죽이고 그러네?"

자오웨가 뺨에 손바닥을 대고 천연덕스러운 웃음과 함께 배배 꼬이고 더러운 성격을 아주 잘 보여 줬다.

"거참, 좀 지각한 걸로 너무 그러지 맙시다. 게다가 저거 안 막으면 저도 죽으니까 어쩔 수 없잖아요. 그리고 딱 봐도 그 파일럿 레드 마피아인 것 같으니 죄 없는 일반인을 죽인 건 아닙니다."

"네에, 알면 됐어요."

자오웨는 나긋나긋한 어조로 그제야 만족한 얼굴로 고개를 끄덕였다.

"그나저나 저 여자가 알렉산드라입니까?"

지우는 번개의 창이 지나갔던 하늘을 올려다보고 있는 알렉산드라를 턱짓으로 가리키며 자오웨에게 물었다.

알렉산드리아 앞에는 칭후가 여전히 동태 눈깔을 유지하고 있는 채로 호위처럼 서 있었다.

"어휴, 저 병신 새끼. 내 저럴 줄 알았다."

칭후가 이지를 상실하고 있다는 걸 알고 있는 지우가 혀를 차며 그를 욕했다.

"제 동생이니까 너무 그러지 마요. 그녀의 힘은 아무래도 반칙이니까요. 아, 그래도 욕하려면 지금 마음껏 욕해두세요. 정신 조작에 당했을 때는 자신이 한 행동을 기억하지 못하거든요."

"됐습니다. 저 그렇게 소인배 아닙니다."

"네에에에에에?"

자오웨가 지금까지 보였던 모습 중에서 가장 놀랍고 믿지 못하겠다는 반응을 보였다. 열 받는 여자다.

"만담은 그만하고 이제 다시 싸울 준비를 하죠."

지우는 주변을 슥 둘러봤다. 러시아 거리의 한복판. 이미 주변은 알다시피 쑥대밭이다.

마치 전쟁이 터진 도시나 마찬가지였다.

화강암 블록은 이리저리 박살 나서 아무렇게나 바닥을 구르고 있었고, 건물들은 대부분이 연기를 뿜고 있었다.

어떤 건물은 소방차가 오지 않으면 심각해질 정도로 붉

은 화염을 내뿜으며 활활 타오르고 있었다.

그밖에도 과일이나 음식 등이 바닥을 덧칠한 상태에다가, 자동차들은 도망치던 사람들에 의해 서로 이중, 삼중, 사중 충돌을 하여 박살 나 있었다.

버스가 건물 외벽에 충돌하여 종이처럼 구겨진 것도 눈에 들어온다.

'어라? 일반인이 안 보이네?'

지우는 그제야 주변에 일반인들이 사망자뿐만 아니라 부상자까지 합해 단 한 명도 없다는 것을 눈치챘다.

아무리 싸움이 일어나 많은 사람들이 도망쳤다곤 하나, 분명 패닉 도중에 다치거나 기절하여 거동하지 못하는 사람들도 있었을 것이다.

운이 나쁘면 자신들의 싸움에 휘말려서 바닥에 죽어 있을지도 모를 텐데, 숨은 건지 아닌지는 모르겠지만 거리에는 레드 마피아와 용호단원을 제외하곤 단 한 명도 찾아볼 수 없었다.

"전투가 벌어지기 전에 능력으로 모두 이 주변에서 벗어나라고 명령을 내렸어."

그의 의문에 대신 답해 준 것은 알렉산드라였다.

"……그 외에도 부상자들은 다른 조직원들을 통해 피신

시켰으니, 걱정하지 않아도 좋아."

알렉산드라는 지우가 무엇을 생각하고 있는지 뻔히 들여다보는 것처럼 그가 지닌 의문에 친절하게 답해 줬다.

그리고 그녀는 주머니에 손을 찔러 넣어 무언가를 찾으려는 듯 뒤적거렸다. 얼마 지나지 않아 알렉산드라의 손에서 작은 약통이 보였고, 그녀는 뚜껑을 열어 알약 몇 개를 입 안에 털어 넣었다.

'보아하니 나쁜 사람은 아닌 것 같지만……방심하지 말자. 저 여자는 위험해.'

마인드 컨트롤이라는 능력은 어느 매체에서도 절대적인 힘을 발휘한다. 아니, 굳이 그런 것이 아니더라도 그 이름에 실린 무게만 해도 상당했다.

게다가 알렉산드라가 설사 일반인들을 미리 피신시켰다고 해도, 그녀는 악명 높은 레드 마피아의 우두머리다.

레드 마피아는 구주방처럼 돈을 위해서라면 무엇이든지 하는 범죄조직 중 하나.

그 우두머리가 결코 착할 리가 없었다.

'어디보자……대충 몇 명이 있지?'

지우는 제 여섯 번째 감각을 개방하여 주변 상황의 파악에 힘썼다.

알렉산드라도 알렉산드라지만, 그녀가 지닌 레드 마피아들의 숫자가 신경 쓰였다. 만약에 방금 본 공격 헬리콥터를 몇 대 더 있다면 큰 문제가 된다. 바사비 샤크티로 처리할 수 있는 방위는 하나. 사방에서 미사일을 쏘아 댄다면 상당히 골치가 아프다.

'대략 백 명 정도인가.'

알렉산드라가 처음 데려온 인원은 약 이백여 명. 그중에서 자오웨와 칭후, 그리고 용호단에 의하여 약 백 명이 죽고 나머지 백 명이 살아남았다.

'분명 레드 마피아의 규모가 천 명이라고 했는데…….'

"나머지 인원은 우리와 관계없는 사람들을 피신시키거나, 혹은 이 난리를 숨기기 위해서 나름대로 뛰고 있어."

"……!"

다시 한 번 알렉산드라가 친절한 설명을 해 주자 지우는 깜짝 놀라며 소름이 끼치는 표정을 지었다.

일반인을 찾던 것은 나름대로 추리를 했다고 쳐도, 지금은 그냥 넘길 수 없었다.

"당신, 마음을 읽는 건가?"

정신을 조작하는 능력도 버거운데, 거기에 마음을 읽기까지 한다면 최악이다. 자오웨나 칭후와는 비교도 되지 않을 정도로 위험한 능력을 보유하고 있었다.

괜히 그 둘이 자신을 동맹으로 맞이해서 알렉산드라를
죽이려는 것이 아니었다.

"아니."

그러나 알렉산드라는 머리를 좌우로 저어 부정했다.

"확실히 예전에는 남의 마음을 읽을 수도 있었지만, 지
금은 아니야. 네가 주변 상황을 둘러보는 모습을 보이니까
대충 예상해 본 거지."

"뭐……?"

"일반인이 한 명도 보이지 않는 광경을 훑어보고 이상한
표정을 짓는다면 당연히 그쪽을 생각했겠지."

알렉산드라는 약통을 다시 주머니 안에 찔러 넣고 계속
해서 말을 이었다.

"헌데 그 의문이 풀리자마자 다시 적의 가득한 표정으로
주변을 둘러보면 누구라도 그렇게 생각할걸. 적이 될 만한
이들을 찾고 있다고…… 그리고 나나 레드 마피아에 대한
정보는 자오웨에게 들어서 알고 있을 테니, 대충 맞춰 본
거야."

알렉산드라는 입을 쩍 벌려 하품을 내뱉었다.

"……."

적어도 보통은 아니었다.

"그 신입 고객을 죽이고 오셨다면 정말 잘한 일이에요. 저 여자 하나 감당하기도 정말 짜증 나고 벅차거든요."

자오웨는 지긋지긋하다는 듯이 고개를 좌우로 흔들었다.

"······확실히 그렇군요."

알렉산드라가 진정 대단한 건, 고객을 셋이나 적으로 두고도 하나도 겁먹지 않고 깨끗한 평정을 유지한 것이다.

비장의 무기인 공격 헬리콥터가 허무하게 사라졌는데도, 지우의 압도적인 힘을 보았는데도 전혀 겁먹지 않았다.

반대로 어느 때보다 냉철한 눈으로 주변 상황을 파악하고 측정하여 무덤덤하게 움직였다.

사람이 아니라 로봇이 아닐까라는 생각이 들었다.

게다가 철저하게 불리한 상황에서도 하품을 하면서 아무렇지 않게 지우가 가진 의문을 대신 풀어준다.

"남동생은 당신이 맡으세요. 그동안 제가 레드 마피아들을 처리하면서 알렉산드라에게 텔레포트로 접근하겠어요. 아무래도 저 여자와 싸우면서 시간을 끄는 건 불리한 것 같습니다."

"네, 찬성이에요."

자오웨가 손에 쥔 적색 검, 용연에 힘을 주었다.

"남동생이 강합니까, 아니면 당신이 강합니까?"

"칭후가 좀 더 강해요. 다만 이지를 빼앗은 상태이니 진정한 힘을 발휘하기는 힘들 것 같네요. 제압은 할 수 없지만, 그래도 발을 묶을 수 있어요."

"알겠습니다. 그럼……."

지우와 자오웨의 눈이 알렉산드라에게 향했다.

둥. 둥둥.

알코올을 섭취한 것처럼 두뇌가 뜨거워지면서 움직이기 시작했다. 머리가 돌아가고 뇌세포가 활성화되자 자연히 생각이 정리됐다.

'일단 텔레포트로 저쪽 건물 뒤로 이동. 시야에서 벗어난 뒤에 위험이 될 만한 레드 마피아를 처리해야 해. 아무리 나라고 해도 RPG—7을 정통으로 처맞고 버틸 수는 없으니까.'

개방된 감각에 의하면 레드 마피아들은 자신들을 중심으로 주변을 포위하고 있었다.

대전차 화기뿐만 아니라, 소총이나 기관단총 역시 무시할 수 없다. 위험이 될 만한 것이 너무 많다.

'정신력 소모가 제법 되겠지만 바사비 샤크티를 날려서 적어도 오십은 없애버려야 해. 그렇지 않으면 힘들어.'

작전을 짜고, 움직일 동선을 선택한다.

지우는 숨을 크게 들이 쉰 다음에 자오웨에게 신호를 날릴 준비를 하려했다.

하지만.

그 뒤에 알렉산드라가 한 행동은 지우도 자오웨도 누구도 상상하지 못한 행동이었다.

"항복하지."

알렉산드라가 양손을 들고 투항했다.

"뭐?"

"네?"

갑작스러운 투항에 두 사람은 크게 당황했다.

"더 이상 너희와 싸우는 건 자살행위야. 승산 없는 싸움은 하지 않아."

알렉산드라는 딱히 동요도 하지 않고, 그렇다고 겁먹은 표정도 짓지 않고 예의 무표정을 유지한 채 말했다.

"지금 그걸 저희보고 믿으라는 건가요?"

자오웨가 어이가 없는 듯 헛웃음을 흘리며 물었다.

"그쪽에 있는 한국인이 이 자리에 온 것부터가 문제였어. 내가 지닌 힘의 약점을 알고 있을 텐데?"

앱스토어의 고객 셋이 뭉치면 알렉산드라는 필패다.

한 명은 정신 조작을 당하고, 한 명은 정신 조작 당한 고객을 상대하고, 나머지 한 명이 알렉산드라를 공격한다.

"······내가 이 전쟁에서 준비한 비장의 카드는 총 두 장."

알렉산드라가 오른손의 검지와 중지를 제외하고 세 손가락을 접었다.

"신규 고객인 세르게이, 그리고 Mi—28이 날 이기게 해 줄 도구였는데, 둘 다 당했으니 약간의 승산도 없지. 특히 그쪽이 방금 전에 보여 준 일격은 겁먹을 정도였어."

말은 그렇지만 알렉산드라는 전혀 겁먹은 얼굴이 아니었다.

"재미있는 소리를 하네. 어디 한 번 지껄여봐."

자오웨가 얼음장처럼 차가운 얼굴로 입가에 웃음을 지워내며 무겁고 사나운 분위기를 내뿜었다.

경어가 풀린 걸 보면, 기분에 변화가 일어난 듯했다.

"네가 항복하는 이유를 논리적으로 설명한 건 괜찮은데, 그걸 우리가 믿고 따라줄 이유는 없잖아. 안 그래?"

"······그 말대로야, 자오웨. 하지만 투항을 받아준다면 그만큼의 대가를 내놓겠어."

"대가?"

이번엔 자오웨가 아니라 지우가 반응했다.

"이야기는 한 번 들어보는 게 괜찮을 것 같은데요."

지우가 경계 어린 자세를 풀고 대신 팔짱을 끼고 섰다.

이에 자오웨는 불쾌한 듯 미간을 찌푸렸지만, 그 의견에 딱히 불만이 없는지 알렉산드라의 다음 말을 기다렸다.

"보아하니 네가 날 죽이려는 건 복수나 감정적인 것이 아닌 걸로 추측되는데…… 맞나?"

알렉산드라가 자오웨에게 시선을 돌려 물었다.

"정말 마음을 읽을 수 없는 게 진실인지 알고 싶네."

자오웨가 말을 배배 꼬아 긍정했다.

자오웨는 정지우라는 인간만큼 탐욕스러운 여자다.

북경에서 알렉산드라에게 한방 맞았던 것보단, 정확히는 그녀가 하얼빈에서 끼치는 영향력을 빼앗고 싶어서다.

알렉산드라와 함께 레드 마피아를 모두 없애버린 뒤에 하얼빈의 뒷골목 상권을 모두 갖는다.

특히 하얼빈은 마약이나 매춘보다 무기 밀매가 활발하고, 원하는 상품도 많아서 그곳의 유통을 빼앗게 된다면 많은 이익을 창출할 수 있다.

그렇기에 구주방도 포기하지 않고 하얼빈에서 끈질기게 욕심을 들어냈다. 레드 마피아, 그리고 알렉산드라에게 조직원이 행방불명되도 끊임없이 조사했다.

"북경에서의 싸움 때문이었더라면, 나에게 좀 더 화를 냈다거나 혹은 싫어하는 모습을 보였어야 하니까."

확실히 아무리 자오웨가 속내를 감추는 성격이라고 해도, 여태껏 싫은 티 하나 내지 않은 것은 너무 이상하다.

"그리고 결정적으로 너와 용호단은 이곳 레드 마피아의 사업장은 건들지 않았어. 그건 위치를 몰라서 못 건든 것이 아니라…… 나중에 흡수하기 위해서겠지?"

"맞아."

"네가 날 조금이라도 미워하고 복수를 할 생각이었더라면 박살 냈어야 해. 하나도 건들지 않는 건 이상하지."

"그래서?"

"네가 원하는 대로 하얼빈의 상권과 사업장 모두 날 살려주는 대가로 모두 넘기겠어."

"후후후, 뭘 말하나 싶었는데 조금 실망이네. 어차피 널 죽이면 그건 모두 다 내 것이 될 텐데 왜 굳이 널 살려?"

자오웨의 눈동자가 섬뜩하게 빛났다.

"그 외에도 있으니 너무 성급해하지 마."

"좀 더 들어보겠지만, 별거 아니라면 각오해."

자오웨가 마지막 기회라는 말을 돌려서 말했다.

하지만 그 위협에도 알렉산드라는 여전히 포커페이스를

유지하면서 파격적인 조건을 제시했다.

"구주방주의 권좌."

"……."

자오웨가 돌처럼 딱딱하게 굳었다.

"넌 결코 용호단주의 자리에서 만족할 여자가 아니야."

알렉산드라의 말이 맞았다.

자오웨는 구주방주를 이끄는 사람과, 그 밑에 있는 수뇌부에게 딱히 충성하지 않는다. 아니, 충성하고 자시고 간에 그 자리를 호시탐탐 노리고 있었다.

용호단원을 따로 육성한 것도 다른 고객에게 방어를 하기 위해서이기도 하지만, 이들을 이용해 구주방 내에서 입지를 넓혀서 보다 높은 권위를 얻기 위해서다.

"힘만으로 지배할 수도 있겠지만, 아무래도 시간이 걸리고 힘들 터. 하지만 나에게는 그다지 어려운 일이 아니지. 그걸 도와주겠다."

알렉산드라가 점조직 형태의 레드 마피아를 한꺼번에 정복한 건 정말 간단한 방법이었다.

아무리 레드 마피아에 계급 체계가 없다고 해도, 그중에서 나름대로 넓은 영향력을 끼치는 이가 있기 마련이다.

그녀는 그들을 모두 정신 조작으로 조종한 뒤, 흡수했다.

또한 반항하는 자가 있으면 정신 조작으로 포섭했다.

그러다 보니 그 밑에 있는 하위 조직원들은 알렉산드라를 두려워하고 어려워하면서 따르게 됐다.

"이봐, 나만 왕따 시키지 않았으면 좋겠는데."

지우가 한 걸음 나서서 말을 꺼냈다.

'자오웨만 이득이 남기게 할 수는 없지.'

알렉산드라가 자오웨에게 목숨을 구걸하여 다른 조건을 제시하는 걸 보고 지우는 속으로 초조해지기 시작했다.

어쩌면 자오웨는 알렉산드라라는 강한 카드를 얻고, 자신과의 동맹을 더 이상 필요하지 않게 생각하여 싸움을 걸어올지도 모른다. 그런 최악의 상황만큼은 막아야한다.

물론 어차피 나중에 가면 자오웨와는 적으로 돌아설 일이 다분하겠지만, 눈 뜨고 적이 될 인간이 강해지기만을 구경할 수는 없다. 그에 맞게 자신도 강해져야만 했다.

"아쉽게도 너에 대해서 아는 것이 많지 않다. 물론 그렇다고 대가를 치르지 않겠다는 건 아니야. 원하는 바가 있으면 들어주겠다."

"나는 구주방이나 레드 마피아처럼은 아니지만, 그래도 나름대로 사업을 하고 있어. 그래서 나중에 필요하게 되면 그걸 좀 도와줬으면 해."

"어려운 일도 아니니, 그 정도는 얼마든지 해 주지."

알렉산드라가 별거 아니라는 태도로 흔쾌히 승낙했다.

'됐어, 알렉산드라는 이대로 살려야 한다. 알렉산드라는 나와 자오웨의 사이에 껴서 억제제가 되어 줄 거야.'

알렉산드라는 무슨 이유가 있더라도 살려야했다.

그녀가 마지막까지 저항하면서 싸웠다면 이야기가 달라지겠지만, 지금은 아니다. 그녀가 투항을 했을 때부터 그의 머리는 어느 때보다 빨리 회전하고 있었다.

'만약 자오웨가 알렉산드라와 손을 잡고 날 배신해도 문제가 생겨. 그렇게 되면 알렉산드라를 이길 수 없으니까.'

알다시피 알렉산드라를 제압하려면 최소 필요한 고객의 인원은 셋. 하지만 세 명 중에서 누군가가 배신하면 나머지 둘은 알렉산드라를 이길 수 있는 방법이 소멸한다.

자오웨도 이 사실을 알고 있기 때문에, 알렉산드라의 투항을 받아들이는데 고민을 하는 것이다.

'솔직히 이 일이 끝나면 동맹이 무너질까 봐 고민했는데……'

지우는 자오웨와 칭후를 결코 신뢰하지 않는다. 신뢰하는 건 그 두 사람이 지닌 능력들과 그 사이에서 벌어지는 금전적인 이익뿐이다.

자오웨가 정지우라는 인간을 굳이 죽이지 않고, 동맹을 맺은 가장 중요한 이유는 당연히 알렉산드라 때문이다. 헌데 그녀가 죽는다면 굳이 정지우라는 인간과 손을 잡을 이유가 없어진다.

'지금까지는 언제 깨질지 모르는 동맹이었으나, 알렉산드라가 들어오면 균형이 맞춰져. 원하는 상황이라고!'

물론 자신 역시 자오웨를 함부로 배신할 수 없게 됐지만, 상관없다. 차라리 이렇게 상황 유지하는 것이, 위험을 감수하며 전쟁을 벌이는 것보다는 낫다.

어떻게 봐도 이 동맹은 지우에게 있어 잃을 것이 하나도 없었다. 원래 가장 불리했던 건 자신이었기 때문에.

"머리 굴러가는 소리가 여기까지 들리네요. 야비하시긴."

자오웨가 원래의 말투로 되돌아오며 긴 침묵을 깨고 말을 꺼냈다.

"아무래도 둘의 사이가 그렇게까지 좋지 않은 모양인데, 대충 어떻게 돌아가는지 알겠어."

과연 알렉산드라는 보통 고객이 아니었다. 그녀는 뛰어난 머리로 지우와 자오웨의 흐르는 미묘한 분위기가 느끼고 이 상황이 어떤 것인지 단번에 이해했다.

"호, 그렇다면 내가 죽을 걱정은 하지 않아도 되는 건가."

"거기, 그렇다고 대가를 치르지 않을 쓸데없는 생각은 하지 마세요. 괜한 협상은 받지 않습니다."

자오웨가 알렉산드라를 노려보며 경고했다.

"약속은 지킬 테니까 그렇게까지 험하게 굴 필요 없어. 그리고 앞으로 서로 사이는 좋지 않아도, 협력하면서 살아가야 할 관계니까 너무 그러지 마."

알렉산드라가 입을 쩍 벌려 하품을 했다. 눈 밑의 검은 기미를 보니 당장이라도 쓰러져서 잠들 것 같았다.

그녀의 말을 끝으로 지우와 자오웨도 경계를 풀었다.

"너희처럼 서로간의 이득만 챙기는 고객들은 내가 봐 왔던 놈들 중에서도 전무했는데…… 나와 비슷한 동류들을 찾을 수 있어서 다행이야."

"저희 외의 고객들을 알고 계신가요?"

"나름대로 아는 편이야, 그건 나중에 설명해 줄게. 오늘은 너무나도 지쳤으니까."

알렉산드라는 두통이 있는지 관자놀이를 손가락으로 꾹꾹 누르며 눈썹을 찌푸렸다. 그러곤 주머니에서 아까 보였던 약통을 꺼내서 알약을 입안에 털어 넣었다.

'결국, 세르게이의 말대로 됐구나.'

머릿속에서 세르게이와의 대화가 스쳐 지나갔다.

세르게이는 자신에게 어쩌면 알렉산드라와 상호간의 이익이 맞아서 손을 잡을지도 모른다고 했다.

지우 역시 만약 알렉산드라가 그런 인물이라면 동맹을 맺을지도 모른다고 생각했다.

실제로 그렇게 됐다.

하지만, 그건 세르게이가 죽지 않았다면 동맹 체결이 불가능했을지도 모른다.

실제로 알렉산드라는 세르게이가 비장의 카드 중 하나라고 했으며, 만약 그가 살아남았다면 끝까지 자오웨와 칭후, 그리고 지우를 상대로 싸웠을 것이다.

그뿐만 아니라 자오웨가 위험인물인 지우를 버리고 세르게이를 포섭하여 알렉산드라를 억제제로 쓰는 경우도 아주 배제할 수는 없었다. 세르게이가 살아 있었다면 지우에게 있어서 큰 문제가 됐을 것이다.

물론 그렇다고 살인에 대한 정당화를 하는 건 아니다. 자신의 이익을 위해서 사람을 죽인다. 그건 결코 올바른 행위가 아니다.

만약 지우가 트랜센더스라는 초능력 덕분에 정신이 인간의 한계를 넘지 않았다면 평생을 죄책감에 시달리고 미치고도 남을 일이다.

"그보다, 머리가 아프다면 그런 약 말고 앱스토어에서 하이 포션이나 하나 사서 먹지 그래. 이제 막 동맹이 된 사람을 두통으로 어이없이 잃고 싶지는 않아."

괜한 꿀꿀한 마음에 지우는 상태가 좋아 보이지 않는 알렉산드라에게 말을 걸었다. 물론 실제로 알렉산드라가 곤란한 일이기 때문에, 나름대로 걱정스러웠다.

"설마 돈이 아까운 건 아니겠죠? 제가 한 번 계산해 봤는데 하얼빈에서 당신이 벌어들인 돈은 꽤 될 텐데요."

자오웨가 뺨에 손바닥을 대고 이해가 안 가는 듯 고개를 옆으로 기울였다.

확실히 돈이 많은 앱스토어의 고객이 어디 한 군데가 아픈데 평범한 약을 먹고 버티고 있는 건 이상한 일이었다.

설사 마법적인 저주를 받아도, 돈만 있다면 해결해 줄 수 있는 것이 기적의 앱스토어니까 말이다.

"······나도 그러고 싶지만 그럴 수 없어."

알렉산드라는 지치고, 퀭한 눈매로 답했다.

"왜냐하면 나는 더 이상 앱스토어를 이용할 수 없으니까."

항복 이후로 알렉산드라가 다시 두 사람에게 충격적인 소식을 전했다.

"······."

가슴이 덜컹 주저앉았다.

더 이상 앱스토어를 이용할 수 없다니, 본인의 상황이 아님에도 가슴이 갈기갈기 난자되는 것 같다.

그만큼 기적의 앱스토어가 자신에서 더 이상 빼놓을 수 없는 존재가 됐다. 만약 그걸 잃어버린다면 정지우라는 인간 자체가 어떻게 될지 본인조차도 알 수 없었다.

"······그게 무슨 뜻이지?"

지우는 가까스로 제정신을 차리고 질문했다.

"아아, 조금 오해가 있었나."

알렉산드라는 석상처럼 굳은 동맹원들을 보고 실수했다는 듯, 머리를 손 갈퀴로 헤집으며 해명했다.

"딱히 무슨 조건 등으로 이용할 수 없는 건 아니야. 정확히 말하자면, 나는 이용할 수 없는 것이 아니라 '이용하지 않는다.' 지."

"자세하게 설명해 줬으면 좋겠는데요."

이번에는 자오웨가 재차 설명을 요구했다.

"설명하기 전에 몇 가지 질문하고 싶은 것이 있는데······ 너희는 앱스토어의 고객이 죽으면 어떻게 되는지 알고 있나?"

알렉산드라가 질문과 함께 지우를 쳐다봤다. 세르게이를

죽인 너라면 알고 있을 것이다, 라고 말하는 것 같았다.

"내가 아는 한 시체를 남기지 못하고 빛으로 산화되어 하늘로 사라지던데…… 맞아?"

"네?"

그 말에 반응한 건 알렉산드라가 아니라 자오웨였다. 그녀는 마치 처음 듣는 것처럼 두 눈을 휘둥그레 뜨고 얼빠진 표정을 짓고 있었다.

"왜 그렇게 놀란 척을 하고 그래요?"

"놀란 척이 아니다, 한국인. 내가 아는 한 자오웨와 여기 있는 칭후는 아마 단 한 번도 본 적이 없을 거야."

지우의 물음에 알렉산드라가 대신 답해 줬다.

"왜냐하면 그녀가 남동생을 제외하고 처음으로 본 고객은 나였으니까."

"농담이시죠?"

자오웨와 처음에 동맹을 맺을 때, 그녀는 같은 고객을 상대하는데 무척 익숙해 보였다.

그 외에도 여러 여유를 부리거나, 네 번째 혜택을 아는 등 자신보다 아는 것이 많은 것 같아 보였다.

그래서 분명히 앱스토어를 이용하게 된 것도 오래됐으며, 고객의 최후 등 기초적인 것에 대해 알고 있을 줄 알았다.

하지만 자오웨가 지금 고객의 최후를 듣고 동요하고 있는 걸 보면 아무래도 그건 아닌 모양이었다.

"……알렉산드라. 우리가 죽으면 대체 어떻게 되는 거죠? 빛으로 산화되어 하늘에 올라간다면…… 천국인가요?"

"하, 이봐요. 자오웨. 농담치고 너무 질이 나쁘잖아요. 우리 같은 사람이 천국에 간다면, 천국은 일찍이 망했을걸요."

바보 같은 물음에 지우는 피식하고 그녀를 비웃었다.

"네가 알고 있는 고객의 최후에 대해서 말해 봐."

알렉산드라가 지우에게 대신 설명을 요구했다.

이에 그는 조금 고민하다가, 어차피 중요한 정보도 아니었기에 솔직하게 설명하기로 했다.

"여태껏 세 명의 최후를 봤지만 세 명 모두 다 피 한 방울 남기지 못하고 사라졌어. 처음에는 혹시 어떤 상품에 의하여 페널티를 받은 것이 아닐까 싶었지만, 세 명이 똑같은 최후를 맞이했다면 분명 모든 고객의 최후가 그러겠지."

"당신도 저희 외에 알고 있는 고객이 상당히 많으신 모양이네요."

자오웨는 혼자만 알고 있는 것이 적다는 생각에 살짝 불만 어린 표정을 지었다.

확실히 그녀의 말대로 지우가 알고 있는 고객은 상당한

많은 편이었다.

먼저 자신의 손에 죽어 버린 양추선, 김효준, 세르게이.

그리고 아직 살아 있는 백고천과 강태구.

마지막으로 이 자리에 있는 자오웨, 칭후, 알렉산드라.

벌써 여덟 명이나 알고 있었다.

"그리고…… 고객이 보유하고 있던 상품은 사라지지 않고 그대로 남아 있었어. 단, 이건 도구 형태 상품만 가능하고, 알약이나 초능력 등 몸에 흡수하거나 복용한 건 남지 않아."

"잘 알고 있네."

알렉산드라가 고개를 주억거렸다.

"자오웨, 나도 네가 궁금해하는 걸 알고 싶어서 러시아의 관리자에게 물어본 적이 있었지만……."

"말투를 보아하니 거절당한 모양이네요."

"그래, 등급이 부족하다고 들었어."

알렉산드라가 머리를 좌우로 절레절레 흔들었다.

"말이 잠시 딴 길로 샌 거 아니야? 그런 것보다 네가 왜 앱스토어를 이용할 수 없는 건지 말해."

어차피 등급이 부족해서 정보를 구입할 수 없는 이상, 괜히 머리를 싸매면서 궁금해할 필요 없다.

정 궁금하면 방법을 찾아서 등급을 올린 뒤에 나중에 관리자에게 정보를 구입하면 그만이다.

"한국인, 방금 전의 질문이 내 대답이야. 죽어도 시체를 남길 수 없고, 어디인지도 모를 곳으로 사라진다."

알렉산드라는 팔짱을 끼고 회의적인 표정을 지었다. 그녀의 음울한 눈매 안에 감춰진 벽안이 공포로 물들어 갔다.

"만약에…… 아주, 만약에. 이건 가정이지만 — 상품을 구입하면 구입할수록 죄업이 깊어진다면 어떻게 하지?"

"……."

두 남녀는 알렉산드라가 다음 할 말을 기다렸다.

"어쩌면 상품을 구입하는 대가로 앱스토어 측에서 우리의 영혼의 점유권을 지니고 있을지도 모르는 일이고…… 그 외에의 끔찍한 일이 우리가 모르는 사이에 행해지고 있을지도 모르지."

알렉산드라는 와이셔츠 단추가 몇 개 풀려 있어, 훤히 보이는 가슴 계곡에서 십자가를 하나 꺼냈다.

일반적인 십자가가 아니라, 예수 그리스도가 십자가에 못 박힐 때 머리 위에 썼던 '유다인의 왕 예수 그리스도'라는 명패와 발을 고정시키기 위한 발판을 추가한 러시아 정교회의 십자가였다.

"그렇기에, 두려운 거야. 어쩌면 지옥보다 더한 곳에 갈지도 모르는 일이지. 너희도 알다시피 이차원고용 목록에 떡하니 악마가 자리 잡고 있으니까."

'아아, 그러고 보니.'

이차원고용을 대부분 요정족만 고용하다 보니, 다른 것에 신경을 쓰지 못했다. 확실히 예전에는 권한이 없어서 찾아보지 못했지만 등급이 오르면 천사나 악마의 고용이 가능했다.

"그 무지에 대한 두려움과 공포 때문에 나는 하루에 몇 번이나 잠에서 일어나곤 하지. 이걸 떨쳐 내려고 몇 번이나 시도해 봤지만……."

알렉산드라의 얼굴에 그림자가 끼었다.

"누구보다 사람들의 머리 위에 있으시고 정신까지 조작할 수 있는 사람이 설마 이렇게 겁쟁이일 줄은 몰랐어요. 괜찮아요, 제가 인형 사드릴 테니까 앞으로 그거 안고 주무세요."

"자오웨, 당신 그러다가 알렉산드라에게 조종당해서 엉덩이로 이름 쓸지도 모르니까 조심하시는 게 어때요?"

대놓고 알렉산드라를 힐난하는 자오웨를 보고 지우가 나지막이 경고했다.

"아니, 저 여자 말대로 난 겁쟁이야. 그건 부정하지 않겠어."

'……'

알렉산드라가 기적의 앱스토어를 더 이상 이용할 수 없다는 것도 이해가 안 가는 건 아니다.

그녀의 말에도 일리가 있었다.

예를 들어 쓰면 쓸수록 수명이 감소된다거나, 알렉산드라의 말대로 영혼이 소멸하거나 지옥에 간다거나, 혹은 영혼의 점유율을 높여서 앱스토어 측에서 가져갈 수도 있다.

"원래 지니고 있던 건 어쩔 수 없지만…… 더 이상은 상품을 새로 구입할 수도, 이용할 수도 없어. 아무래도 일종의 트라우마가 걸린 거겠지."

'……나 역시 이제 멈춰야 할까?'

지우 역시 알렉산드라의 걱정을 안 해 본 건 아니다.

자신도 앱스토어를 사용하면 사용할수록, 자신의 정체성이 점점 일그러지고 무언가 변하는 것을 느꼈다.

과거의 평범했던 자신과 지금의 자신을 비교한다면, 그는 자신 있게 말할 수 있다.

'나는 변했다.'

사람을 죽이는 데 있어 어떠한 거리낌도 없다.

돈과 가족만 챙긴다면 그 외에는 아무래도 상관없어졌다.

세르게이와의 싸움에서도, 그를 죽이는 데 혼심을 다했고 싸움에 의하여 주변 사람들이 죽는 것도 상관하지 않는다.

만약 정신과 의사에게 찾아가 진료를 받는다면 자신은 백이면 백 사이코패스나 혹은 그에 준하는 진단을 받을 터.

'……그렇다고 여기서 멈출 생각을 하는 건 아니지만.'

자신은 이미 경계를 넘었다.

김효준이 말했던 것처럼, 자신은 악귀거나 혹은 짐승이거나…… 또는 그 이상의 어떤 괴물일지도 모른다.

"이봐, 알렉산드라."

상념에서 깨어난 지우가 알렉산드라를 마주 봤다. 알렉산드라는 무슨 일이냐는 듯한 눈으로 지우를 쳐다봤다.

"네가 정말로 앱스토어를 두려워한다면, 원래 있던 것도 쓰지 못할 텐데……그건 어떻게 쓸 수 있는 거지?"

알렉산드라의 말에는 모순이 하나 있다.

정말로 기적의 앱스토어가 무서워하고 두려워한다면 더이상 그것에 관련된 걸 이용할 수 없는 것이 정상이다.

기존에 있는 것은 제외하고 이용할 수 없다니, 너무 편한 발상이다.

자오웨도 그걸 눈치챘는지 의심하는 눈초리로 알렉산드

라를 쳐다봤다.

그 물음에 알렉산드라는 비록 눈은 웃지 못했지만, 처음으로 입가에 미미한 미소를 그려내며 대답했다.

"그게 내가 지독한 불면증과 악몽으로 시달리는 결정적인 이유야, 한국인."

알렉산드라는 손에 쥔 러시아 정교회의 십자가를 주먹으로 꽉 쥐었다. 어찌나 쌔게 쥐었는지 손바닥이 깊게 파여서 피가 주르륵 하고 흘러내릴 정도였다.

"머리가 터질 것 같아도, 잠을 잘 수 없어도, 도저히 참아낼 수 없어도 참아야 할 이유가 하나 있어."

그리고 상시 음울하고 죽어 있던 눈동자도 차갑게 불타올랐다.

그 벽안에 비친 감정이 대체 무엇인지는 지우도 자오웨도 알 수 없었다.

그러나, 그게 어떤 마음인지는 대강 알 수 있을 것만 같았다. 그도, 그녀도 알렉산드라가 기원하는 것을 각자 하나씩 지니고 있었으니까 말이다.

"궁금하다면 알려 줄 수는 있다. 하지만 우리가 그런 사적인 걸 나눌 정도로 친해질 것 같지는 않은데."

알렉산드라가 얼굴에서 미소를 지워지고 다시 예의 무표

정으로 핵심을 찔렀다.

"맞는 말이네요."

자오웨가 알렉산드라의 말에 동의했다.

지우와 자오웨가 동맹을 맺었는데도 서로에 대해 자세히 묻지 않았던 건, 서로 친해질 것 같지는 않아서다. 알렉산드라 역시 마찬가지였다.

이들이 동맹을 맺은 것은 단순하다.

그저 시로의 이익을 위해서, 죽지 않기 위해서, 그리고 서로의 목표를 이루는 데 도움이 될 것 같아서다.

그 이상의 감정 따위는 존재하지 않는다.

분노도, 증오도, 원망도, 애증도, 사랑도, 우정도, 의리도, 친분도 없다.

그저.

철저하고.

단순하게.

서로를 이용할 뿐.

그렇기에 이들은 서로간의 과거와 목표도 묻지 않았다.

"……자, 받아라."

알렉산드라는 여태껏 병풍처럼 서 있던 칭후를 자오웨에게 보내줬다.

"지금 깨우면 귀찮아질 것 같아서 여섯 시간 뒤에 제정신을 찾도록 명령해 뒀으니 잘 설명해 줘."

"알았어요. 혹시 무슨 후유증 같은 거 생겨요? 그렇다면 말해 주세요. 딱히 화를 내는 건 아니고, 앱스토어에서 안정제라도 사 줘야하니까요."

자오웨는 남동생에게 무슨 문제가 없는지 몸을 툭툭 치면서 확인했다.

"괜찮아. 이제 네 남동생도 넘겨줬고, 그다음 얘기는 나중에 했으면 좋겠어. 이렇게 보여도 굉장히 피곤하거든."

알렉산드라는 반쯤 감긴 눈을 손으로 매만지면서 지친 기색을 보였다. 솔직히 수면제라도 먹여 주고 싶을 정도다.

"알겠습니다. 그럼 삼 일 뒤에 뵙도록 하죠."

이렇게, 짧고도 길었던 하얼빈 전쟁이 끝이 났다.

"그럼 그때 보자. 너희가 모르는 이 세계의 고객들에 대해서 자세하게 가르쳐줄 테니까."

〈다음 권에 계속〉